VIAJE A LA HABANA

(Novela en tres viajes)

COLECCIÓN ALACRÁN AZUL

EDICIONES UNIVERSAL, Miami, Florida, 1990

REINALDO ARENAS

VIAJE A LA HABANA

(NOVELA EN TRES VIAJES)

EDICIONES UNIVERSAL

P. O. Box 450353 (Shenandoah Station)
Miami, Florida, 33145, U.S.A.

© Copyright 1990 by Reinaldo Arenas

Library of Congress Catalog Card N.º: 89-85397

I.S.B.N.: 0-89729-544-7

Dibujo de la portada por José María Mijares

Foto del autor en la contraportada por Lázaro G. Carriles

Impreso en España   *Printed in Spain*

Impreso en los talleres de artes gráficas de
EDITORIAL VOSGOS, S. A., Avda. Mare de Déu de Montserrat, 8
08024 BARCELONA - España

A Delfín Prats,
mi fiel lector de los años setenta.

I
PRIMER VIAJE

QUE TRINE EVA

La primera lágrima que derramé por ti cayó sobre los puntos de crochet a cuatro agujas. Pero yo seguí tejiendo, casi sin darme cuenta de nada. Y ahora, que ya tengo las manos empapadas, es cuando realmente descubro que estoy llorando por ti. Por ti, Ricardo (y todavía me resulta difícil llamarte de ese modo). Y debo tener la cara manchada de negro por culpa de estos hilos chinos que para nada sirven, pero que son los únicos que hay. Pero ya me calmo. Ya entro en la última cenefa de la falda. Hago el remate. Y comienzo el punto a cuatro cabos y los nudos franceses; lo más difícil, sí, pero la última parte del tejido. Después vendrá el saque, el bloqueo, el último pase con la cuchilla de afeitar (ya mohosa). Y todo estará listo. Vamos a ver. Sin embargo, sigo pensando en ti. Aunque no quisiera, ay, Ricardo (y ya digo tu nombre casi sin problemas), sigo pensando en ti. Y ni siquiera me he acordado de sintonizar «Nocturno». Y ni siquiera me preocupa ahora si la Masiel está o no entre los diez primeros en «La escala del éxito». Y poco ha faltado para que me confundiera en los pases más difíciles. Yo, que conozco mejor que nadie el secreto de las agujetas. Y todo por tu culpa, Ricardo (y ya digo tu nombre como si tal cosa); porque por ti es por quien tejo en este momento; aunque tú no vas a ver este tejido —bien lo sé—. Y espero, después de todo, que sea lo mejor que he hecho en mi vida, que es mucho decir... Sí, es raro que no se me enredaran las madejas, formando uno de esos nudos que no hay quien los desate. Y más ahora, que no estás tú para que me ayudes en el desovillado. Porque he estado aquí, sola, encerrada día y noche, sin asomarme al balcón, sin contestar al teléfono, tejiendo. Pero también eso es mentira, Ricardo. Porque no solamente he estado aquí. Mientras trastabilleo el hilo y manejo las agujetas he estado contigo por todos los sitios. Y a veces hasta me he olvidado del tejido, aunque he seguido tejiendo, y mis manos, tan hábiles, no me han traicionado, a Dios gracias... Después de todo, menos mal que lloré. Menos mal que cayó una lágrima en la palma de mi mano, porque así me di cuenta. Y ya me contengo, y ya pongo la cabeza en lo que estoy haciendo.

En lo que estoy haciendo por ti, Ricardo. Por ti, o quizás para vengarme de ti. Porque hay cosas que no se pueden perdonar nunca. Tal vez yo sea la que más cosas te perdonó en la vida. Siempre preferías dormir con la ventana abierta, siempre protestabas por los dolores de mamá (tú decías que ella los inventaba); a veces hasta te gustaba la canción que a mí me parecía insufrible. Y en todo yo te complacía, Ricardo. Hasta cuando quisiste seguir el viaje que ya casi no tenía sentido, accedí. Refunfuñando, pero accedí. Sólo una cosa no podía perdonarte. Y esa fue precisamente la que hiciste. Y a última hora, Ricardo, cuando ya casi habíamos ganado, los dos juntos, la gran batalla.

Cuando te conocí eras tan modesto. Creo que acababas de llegar del interior. Estabas detrás de un poste, como apoyado. Yo miré para tu pie levantado y vi unas medias tejidas —pero muy bien tejidas, Ricardo—, y quedé deslumbrada. Tú alzaste más la pierna y recogiste un poco el pantalón, como para enseñar la media. Pero con cierta timidez. Porque entonces eras tímido, Ricardo. Y luego me miraste, como sin querer. Y yo también te miré, como para no dejar... Todo eso lo recuerdo bien, Ricardo. Le di otra vuelta al parque. Pasé otra vez por tu lado, aparentando desinterés y seguí andando mientras bamboleaba la cartera gris pizarra pespunteada con hilos hawaianos, que por aquel entonces eran facilísimos de conseguir. Seguí andando, y cuando me volví, tú me dabas alcance. Te situaste a mi lado, como escoltándome. Y ya los dos caminábamos juntos. Dijiste: «Tienes los ojos más lindos del mundo». Y seguimos andando... Recuerdo bien, Ricardo, era la época en que estaba de moda la princesa Margarita por aquello del escándalo con el fotógrafo.

Después, cuando el estruendo Liz Taylor-Edy Fisher-Debie Reynolds, nos casamos.

Yo con una larga cola repujada con hilo ancla, del mejor, y tejida a seis puntos con agujetas francesas —de las que ya no se ven ni en sueño. Tú, con un frac estrechísimo que te hacía lucir todavía más flaco y más joven. Pero lo que se destacaba en tu indumentaria era la corbata plateada, tejida por mí con hilo inglés. «Parece que tengo un pargo amarrado al cuello», dijiste cuando abandonamos el barullo. «Estás precioso», dije yo y me entristecí al pensar que mamá no nos veía (la boda fue por la tarde y ella no soportaba el sol). Pero en seguida me fui alegrando. Y mientras, bajo una lluvia de arroz (que por entonces se podía derrochar) avanzábamos hacia el automóvil, reí a todos, despidiéndome con un saludo al estilo Reina Isabel. Tú sonreías discreto, como con cierta indiferencia. Por aquellos tiempos estabas bastante influido por los gestos de Clark Gable. Gracias a mí dejaste de imitarlo y te fuiste modernizando.

En la luna de miel descubrí, para tu beneficio, que echándote la melena hacia adelante y dejándote crecer las patillas, te dabas un aire a los Ricky Nelson que te quedaba estupendo. Luego te convencí para que te aclararas el pelo, y el parecido fue formidable. «Richard», te gritaba yo en medio de la gente. Y tú sonreías, así, extendiendo los labios, como con cierto desprecio o hastío, hacia un lado de la cara. Y en tus ojos se veía que estabas agradecido.

Pero todavía, Ricardo, éramos gente común, que casi no nos destacábamos. Íbamos a la playa, sí, y aunque yo me ponía aquel estupendo bikini, regalo de mamá, solamente lograba algunos silbidos y una que otra mirada penetrante —ahora pienso que eso a ti te alegraba y me siento enfurecida—. Nos paseábamos por la avenida de los pinos, yo con una trusa casi transparente, estilo *De repente en el verano;* tú, con unas sandalias con suela de cristal y semejantes a dos grandes erizos de mar. La gente, desde luego nos miraba, pero como se mira a todo el mundo, quizás un poco más, pero no demasiado. No como lo merecíamos. No como yo y tú deseábamos, Ricardo... Siempre he soñado con salir de un cotlete en medio de inmensas ovaciones. Salir, extender las manos y de nuevo perderme entre las nubes. Ser de pronto Alicia Alonso. Alicia entre un trueno de aplausos después de haber dado los cuarenta y cuatro fuetés. Alicia, sí, pero sin esa cara de bruja y con cincuenta años menos... Pero nada, Ricardo, ni tú ni yo habíamos conseguido destacarnos. Ni siquiera entonces que estábamos de luna de miel, y en un sitio donde todo el mundo, supongo, iba a divertirse. Habíamos logrado; sí, pequeños éxitos. Una vieja milenaria nos preguntó, cerca del mar, si éramos recién casados; en otra ocasión, mientras tarareábamos a Luisito Aguilé, que cantaba *Golondrina viajera* en nuestro radio portátil, dos muchachos se nos acercaron para preguntarnos si el radio era de nueve o de seis transistores. Nada más.

Así fueron pasando los días. Yo, desesperada. Y tú también, Ricardo. Por fin, cuando ya sólo nos quedaba una noche en la playa, yo decidí ponerme aquel blusón enorme, rojo púrpura, tejido por mamá con madejas de ocho metros y agujetas portuguesas, de las que casi ni entonces se veían. A ti te dije que fueras en trusa y con una camisa que te llegaba hasta los tobillos. Ya en el portal se me ocurrió echarte al cuello aquella larguísima bufanda, tejida con hilo verde cotorra, que mamá, a última hora, metió en la maleta diciendo que por las noches siempre había frialdad en la playa. Así salimos de la cabaña. Yo con el radio (cantaba la Strada) y cuidando de no pisarte la bufanda cuando tú te me adelantabas. Cruzamos la carretera de los pinos donde sonaba el mar como aburrido y entramos en el restaurante. «Viento, tú que vienes de lejos», decía la Strada en ese momento. Y de pronto, se oyó un rumor ensordecedor mezclado con el tintinear de los cubiertos que caían en los platos. Luego se hizo un silencio de muerte por parte de todo el público que nos miraba paralizado y nosotros avanzamos por el comedor, interrumpiendo la calma con los bramidos de la Strada y con nuestros pasos. Así llegamos hasta una de las mesas desocupadas, al final del salón. Entonces tú, con un maravilloso gesto que hasta a mí me sorprendió, alzaste, con gran ceremonia, una silla y luego la colocaste bajo mis muslos. Yo, sacando las piernas de entre el regio blusón, me senté al estilo Sophia Loren en *La leyenda de los perdidos*. Tú, ya a mi lado, le dabas otra vuelta a la bufanda alrededor del cuello, de modo que sólo se te veían los ojos, y llamastes al camarero. Mientras esperábamos a que nos sirvieran, oímos el murmullo de la gente, que subía de pronto como la marea de aquella playa revuelta. A veces, yo hacía como que te hablaba y extendía los labios con una sonrisa imperial. Tú asentías, bajando discretamente la cabeza. «De dónde serán», preguntaba una mujer desde una mesa cercana. Y como el camarero no llegaba, me incliné, recogí del suelo la punta de tu bufanda y comencé a mordisquearla. Sonaron las carcajadas en una mesa que estaba ocupada por un grupo de muchachos, al parecer deportistas, que a todo trance querían opacarnos. Pero no lo lograron. Saqué tu bufanda de mi boca, me puse de pie, me encaramé sobre la silla y llamé a gritos al camarero en inglés, en francés y en italiano; mamá me había enseñado esas frases. Luego, viendo que, por suerte, aún el camarero no aparecía, me paré encima de la mesa y dije *camerott, camarritit* y otras combinaciones de sonidos inventadas por mí en ese mismo momento. Inmediatamente (y ahora el murmullo iba extendiéndose) llegó el camarero. Yo probé con delicadeza la sopa y ordené un plato de sal de la más fina. «¡De la más fina!», repetí, mientras el camarero nos miraba desconcertado. «Para mí, lo mismo», dijiste tú y el hombre anotó el pedido. «Ahora piden sal», oí que le decía una anciana a otra

14

mujer aún más arrugada. Los jóvenes al parecer deportistas comenzaron a mirarnos con respeto. Llegó la sal, yo, con parsimonia, tomé una cuchara y empecé a comerla. Recuerdo que te golpeé la rodilla bajo la mesa. «Come», te dije. Y tú también empezaste a comer. El murmullo de la gente subió de pronto. Cambié el radio de estación, puse a Katina Ranieri. La gente no cesaba de mirarnos. Al terminar los postres me acerqué más a ti, me envolví los hombros en tu bufanda y te besé una oreja. Para pagar llamamos los dos al camarero con una regia y doble voz de soprano. Inmediatamente te tomé la punta de la camisa que te llegaba a los tobillos y comenzamos a bailar entre las mesas. Al terminar se escucharon aplausos y hasta algunos «¡bravos!». Cuando entramos en la cabaña estábamos totalmente excitados. «¡Richard!», te dije, desenrollándote la bufanda. Nos acostamos. Y esa noche supiste hacer las cosas muy bien, Ricardo.

Al otro día regresamos triunfantes a la Habana. En cuanto llegué revolví los escaparates, los closets del cuarto de mamá, todas las gavetas, y me hice de las pelotas de hilo que aún quedaban dispersas. Tú me ayudaste en la captura. Después fuiste a las tiendas a comprar las madejas de estambre que aún quedaban en el mercado. Por suerte, mamá ni cuenta se dio de aquel alboroto. Mi tía le había enviado la reclamación y esperaba ahora la visa. Así que aprovechamos, y mientras mamá pasaba el tiempo llamando a las embajadas, arreglando qué se yo cuántos papeles, nos adueñamos de la casa y empezamos a tejer en paz. Por las noches, cuando tú llegabas fatigado (ya el hilo comenzaba a escasear y empezaban las colas), yo te esperaba siempre entre el formidable estruendo de aquellos discos de Pat Boone que nunca he vuelto a escuchar, y sepultada tras una montaña de hilos de todos los colores. Por fin, terminamos los primeros trajes. La primera pieza la tejí para ti. Ricardo. Un pantalón gris ratón con ziper en las piernas y bolsillos tachonados que fue un escándalo. Para mí tejí un vestido de noche a punto fajín, estampado con piedrecitas del Rhin. Antes de hacer nuestra primera salida, modelamos toda la tarde frente a los chillidos de mamá que protestaba por todo pues aún no le había llegado la visa. También ensayamos algunas danzas exóticas e inventamos extraños pasos que nos quedaron estupendos. Finalmente, cuando el Congreso de Arquitectos que se celebraba en la Rampa, decidimos salir a la calle. Mamá, que ya por esa fecha había recibido la visa y ahora estaba en una larga lista para el avión, nos enseñó algunos bailes de su tiempo que nosotros pudimos aprovechar, con ciertos arreglos, claro, y hasta nos enseñó un nuevo punto en el tejido que era de

15

su exclusividad. Casi a última hora ocurrió una tragedia. Sin darte cuenta empezaste a engordar. Pero gracias a mamá y a mí que solamente te dejábamos probar una lechuga cada veinticuatro horas (le copiamos la dieta a Judy Garland), volviste a tu peso normal, aunque quedaste un poco nervioso. Cuando llegó el día de salir a la calle estabas bastante pálido. Mamá, que por suerte conservaba algunos productos de «Mac Factor», te supo transformar convenientemente.

Y partimos hacia la Rampa.

El tumulto era enorme. Toda la Rampa estaba custodiada por policías que con pitos y palos se encargaban de que sólo entrasen los invitados. «Mejor es que nos vayamos», dijiste tú. «Ni muerta» te contesté. Tomados de la mano, con porte regio, y casi de ofendidos por habernos invitado a un sitio donde había tanta gente, cruzamos por delante de los patrulleros que ni siquiera nos llamaron la atención. Y luciendo nuestra indumentaria, ya por entonces no era fácil conseguir aquellos trajes, entramos en la Rampa. Había cuatro orquestas. La Aragón y otras todavía peores... Sin mirar a nadie caminamos hasta el pabellón del Congreso donde estaban todos los arquitectos extranjeros y los rojos de altura, que los otros se quedaron fuera. Allí sólo se oía a alguien que golpeaba un piano. Nos acercamos con pasos decididos. La gente, muy fina, nos iba cediendo la entrada. Y llegamos hasta el centro del salón donde Bola de Nieve cantaba. Ya habíamos notado que la gente dejaba de mirar a Bola para reparar en nosotros. Atravesamos el recinto y nos colocamos detrás del cantante. Yo, con una pierna levantada, las manos en la cintura y la estola plateada cayéndome desde los hombros hasta el piso (el viento a veces la hacía flotar y entonces le cubría la cabeza al cantante). Tú, a mi lado, una mano colocada en la barbilla, la otra sobre mis hombros, hacías ondear la estola disimuladamente cuando faltaba el aire. En eso estuviste genial, Ricardo. Y cuando Bola terminó de tocar y cantar eso de «Ay, mamá Inés» y se puso de pie sonriendo como un hipopótamo, quedó estupefacto, muerto. Blanco. La gente aplaudía, sí, pero miraba, y hasta señalaba para otro sitio. Para nosotros. «El calesero del Partido» como le decía mamá, se sentó de nuevo al piano y, enfurecido, tocó de un golpe todo su repertorio. El piano quedó destartalado. Pero nada. Otra vez se puso de pie, otra vez sacó sus hachas relucientes. La gente aplaudía y señalaba para nosotros. Bola, con un gesto de pitonisa ofendida, se inclinó hasta dar con la cabeza en el suelo y desapareció. Creo que hasta lo chiflaron.

Entonces tú te sentaste al piano y recorriste toda la escala con un solo dedo. Mientras, yo paseaba por el lugar, alzando la estola, parándome en un solo pie, echando la espalda hacia atrás. Luego te pusiste de pie, y los dos, al son de un estruendo lejano producido por las repelentes orquestas, interpretamos una danza inventada por nosotros. Todos los pasos eran sensacionales. La gente aplaudía, las cosas llegaron casi al delirio... En el momento en que vimos entrar a unos tipos forrados de verde, dimos un salto, caímos detrás de una gran pancarta, cruzamos la calle atestada y entramos en el cine «La Rampa» (esa noche estrenaban *La dulce vida*). Todavía se oían los aplausos.

Dentro del cine causamos sensación, aunque estábamos a oscuras. La gente le quitaba la vista a Anita Ekberg para mirarnos a nosotros. Cuando, de regreso, cogimos la guagua, epatamos hasta al chófer que nos miraba por el espejito retrovisor.

Casi a rastras, por la fatiga, llegamos a la casa, mamá, semidesnuda, se abanicaba en el portal. «Pensar que estamos en invierno y nos asfixiamos», dijo. «Si tengo que pasar otro verano aquí me suicido.» Nosotros ni caso le hicimos. Mientras ella se abanicaba sin parar tomamos poses estupendas, bailamos, modelamos constantemente. Tú, Ricardo, también inventaste pasos increíbles (seguramente ya desde entonces tratabas de opacarme). Por último mamá, después de mirarnos con indiferencia por un rato, levantó el abanico y ordenó silencio. «No sean tontos», dijo. «¿No ven que todas esas maromas son innecesarias? Si han provocado tal alboroto, como dicen, es por la ropa que llevaban puesta. En este país ya no hay nada. Cualquier trapo extraño que se pongan tiene que causar sensación.» Eso dijo. Y los dos nos quedamos fijos, mirándola. Ella hizo un gesto como para borrarnos de su lado y comenzó a abanicarse nuevamente. «Buenas noches», le dije yo y, como siempre, le rocé con los labios un lado de la cara. «Ustedes saben bien», recalcó ella entonces —ya le habíamos dado la espalda— «que es por la ropa por lo que se destacan, de no ser así, ¿por qué han tejido con tanta furia durante todos estos días?». Y no dijo más. Nosotros entramos en nuestro cuarto y pusimos el tocadiscos. Esa noche oimos a Mona-Bell cantar «Una casa en la cima del mundo». Muy tarde, cuando ya habíamos apagado el tocadiscos y estábamos acostados, tú dijiste: «Creo que la anciana tiene razón». «Claro que sí», te contesté. «Pero, ¿qué importa? Hilo es lo que nos sobra.» Y cerré los ojos. Pero al momento empecé a pelearte. «Óyeme, Richard», te dije, «bien sabes que nunca me ha gustado que le digas anciana a mamá, después de todo, todavía creo que no llega a los sesenta». Pero al otro día ya estábamos más tranquilos. Oyendo los viejos discos de Fabián nos reconciliamos. Y empezamos a hacer planes y a calcular qué ropas exhibiríamos en la concentración de la Plaza de la Revolución «José Martí» que se celebraría dentro de unas semanas con motivo del primero de mayo, según anunciaban escandalosamente todos los periódicos. Pasaron los días. Tan entretenidos estábamos (yo, tejiendo sin cesar; tú, en la cola de todas las tiendas de la Habana) que nos olvidamos por completo de mamá. Una noche, mientras yo practicaba el dificilísimo punto calado y tú, con las manos forradas de hilo, hacías la función de mandeja, la oímos en la sala, dando alaridos y tropezando con los asientos. Tiramos el trabajo y corrimos a ver lo que sucedía. Mamá daba saltos por toda la habitación. «No puedo más», decía, llevándose las manos al pecho y chillando. Por fin se calmó y la llevamos para su cuarto. «Sáquenme de aquí», dijo entonces. «Ustedes también se han vuelto locos. Quiero irme de esta isla maldita.» Le dimos dos aspirinas y un vaso de agua, la tapamos con las sábanas, apagamos la luz del cuarto y continuamos con nuestras labores. Las madejas que tú sostenías se habían enredado y tuvimos que pasar el resto de la noche desatando nudos, haciendo empates y enredado el hilo en los carretes. Ya de día nos tiramos rendidos en la cama y no nos levantamos hasta el oscurecer. Al momento continuamos trabajando.

Mamá seguía cada vez peor. Estaba realmente al borde de la locura. «Se tuesta la anciana», decías tú mismo (que siempre desconfiabas de sus enfermedades) mientras la oíamos trastear como a tientas entre los muebles de la sala. Yo, para no discutir contigo, ni siquiera te contestaba. Me hacía la sorda. Colocaba la madeja de hilo entre tus brazos que hacían de ovillo y empezaba a tejer. El primero de mayo ya estaba muy próximo y con esa nueva tragedia de mamá yo temblaba, (y tú también, Ricardo) al pensar que nuestra indumentaria quizás no estaría lista para el día del desfile.

Por suerte, a fines de abril entró mamá de un salto en nuestro cuarto. Ante mi asombro vi cómo te tomaba por el pelo y te besaba en la cara. «Me llegó la salida», dijo entonces con un chillido, agitando el telegrama. Yo inmediatamente traté de convencerla para que en el viaje llevase un modelo de mi creación; todo de estambre amarillo canario con tachones en los costados, doble fila de entredós, sobrefalda y cuello drapeado. Pero ella se negó. «Nada de eso», dijo. «No soy ningún caníbal. Iré como una dama.» Y sacó del armario sus trajes prehistóricos, que ella, la pobre, pensaba que aún estaban de moda. Al otro día bien temprano la acompañamos hasta el aeropuerto. Tú, Ricardo, fuiste con el gorro de conductor de trineo (aún estábamos casi en invierno aunque nos derretíamos del calor), pulóver con cuello de tortuga, pantalón y bufanda a cuadros tornasolados y botines forrados a punto tallo rematando en nudos franceses. Yo llevé un rotundo abrigo rosa pálido tejido en rafia, cuello imperial, borde calado con botones forados que semejaban discos voladores; la falda negra con puntos plisados y las medias verde sobre verde estampado (hechas con el hilo español que tú compraste a última hora en bolsa negra); los zapatos eran chinelas de dama: raso dorado y flores de seda que se enredaban en el tobillo. Realmente era un modelo que hubiese deslumbrado a la propia Mary MacCarthy, la divina. Mamá quedó completamente opacada por nosotros. Envuelta en un trapo de seda fría que le llegaba a los tobillos y con un sombrero tipo paracaídas de los que ya no se ven ni en pesadillas, parecía realmente un hongo. «Thank you», le dijo al chófer cuando nos bajamos del auto —ella, por suerte, pagó el viaje. Y desde ese momento le empezó a hablar en inglés a todo el mundo, por lo que casi no pudimos entender nada de lo que nos dijo a la hora de despedirse. Por lo demás, el inglés de mamá era bastante pobre. Creo que a veces ni ella misma sabía lo que estaba diciendo. «Sí, vieja», repetías tú cada vez que ella abría la boca para soltar su larga jerigonza. Mamá te miraba con unos ojos que casi querían fulminarte. Tú decías siempre que ella no pasaba del *yes* y que todo lo demás era una jerga estúpida, pero creo que exagerabas, Ricardo. La vimos perderse detrás de los cristales de la aduana, encabezando la comitiva escoltada, rumbo al avión. Alzaba las manos agitando un pañuelo de poplín. Quería destacarse en ese momento para ella sensacional. Supongo que quedaría muy sorprendida al mirar para la terraza y ver que todos los familiares y amigos de los que se marchaban, todo el mundo, no miraba para la pista por donde avanzaba la comitiva, y mucho menos para ella, sino para la misma terraza. Para ti y para mí, Ricardo. Hasta yo misma me sorprendí cuando, al dar la vuelta para marcharme, noté que todos venían detrás, siguiéndonos. Bajamos la terraza con pasos marciales y cogimos la guagua. No te hablé durante todo el viaje. Me sentía molesta contigo. Tú, Ricardo, ni siquiera le dijiste adiós a mamá cuando, la pobre, ya en la escalerilla del avión casi soltaba los brazos. Pero no te reproché nada. Cuando llegamos a la casa te puse la libreta de racionamiento en la mano y te pedí que fueras corriendo a comprar aquel hilo búlgaro que vi desde la guagua en una de las vidrieras de Río Verde. Fuiste. Y yo, al momento, me puse a tejer.

Llegó el primero de mayo. Los himnos atacantísimos retumbaban por todas las calles. Banderas chillonas azotaban los ojos de cualquiera que se asomara a la puerta. Los radios no hacían más que repetir consignas y otras bambollas inmensas. Ese día, por supuesto, tuve que olvidarme del programa de «Los cinco latinos» que, por entonces, eran el último grito. Por suerte, nos quedaban todavía algunos discos de ellos, y toda la mañana, mientras agonizábamos con el ajetreo de los preparativos, escuchamos *Oh, Carol* y *Una noche de primavera*.

Nuestra indumentaria era estupenda, a pesar de que por aquellos tiempos conseguir los materiales era ya difícil. Pero tú te las arreglastes, Ricardo. Sabías «tallar», como tú mismo decías, y sacabas los estambres del mismo fondo de la tierra. En eso no pude quejarme nunca de ti. Es la verdad. ¿Sería que desde entonces ya estabas conspirando contra mí? Ay, después de todo hubiera sido mejor haberle hecho caso a mamá. «Desconfía de los campesinos», decía ella. «Todos no son más que unos tramposos»... Sí, regia quedó la indumentaria que íbamos a exhibir aquel día. Para mí tejí, con agujetas de fleje interior, que ya no se ven ni en sombra, unos eslacks negro totí con hilo inglés, producto del cambio que hiciste con la ropa vieja de mamá; la cartera la tejí con soga de Manila y, con un tinte de azul de mentileno, quedó colosal; también me confeccioné un blusón rojo escarlata, combinado con un gorro punzó estilo cúpula tejido a punto araña con las incomparables agujetas francesas número 6, de las que ya no hay; guantes a punto calado con hilo osito y, de remate, un mantón semejante a la bandera cubana hecho con hilo chino y estambre español. Para protegerme del sol (el desfile, cosa de locos, era a la una del día) revestí la sombrilla con un forro hecho a punto georgette del más fino, y para el termo (aquél que no llevara agua moría de sed sin remedio) hice un forro a punto malla con hilo verde caimán que le daba un caché divino. Finalmente, para completar el ajuar, me fabriqué un gran abanico con el delicado punto «rosita de maíz», de mi propia invención. Para ti, Ricardo, confeccioné un traje de miliciano que había que verlo, con la madeja de ocho metros comparada a los «mayimbes contrabandistas», como tú mismo decías. El pantalón verde olivo tejido en el mismo cuerpo a cuatro puntos y rematados con nudos en forma de botones recién abiertos; las altísimas botas negro centelleante, con una ronda calada al costado, donde se ilustraba a color, con hilo chino, búlgaro y portugués todas las batallas del Cuartel Moncada copiadas de la portada de la última revista *Bohemia;* la camisa azul marino tejida a punto enano con agujetas arqueadas y luego la boina verde-botella hecha a doble cadeneta, terminando en una gran borla deshilachada de la cual salían flecos de todos los colores. Con el resto de la madeja que aún nos quedaba quise preparar una gran bandera que llevaríamos tú y yo. Pero tú te negaste. Yo protesté. Ya los himnos se hacían más insufribles y la calle estaba repleta. El desfile empezaría de un momento a otro. Envueltos en nuestra indumentaria única nos dirigimos hacia la plaza.

En todas las calles causamos sensación; el tumulto que nos seguía era imponente. Comenzaba el desfile. Tú me cogiste de la mano. Yo, para que mi guante no se opacase, te tomé por un dedo. Primero pasaron como un millón de guajiros, encasquetados en sus ropas arcaicas y haciendo, como los monos, mil maromas y no sé qué tabla gimnástica que finalmente se convertía en letras y formaba una gran consigna. Los himnos seguían con su cacareo. La cosa, en verdad, era para echar a correr. Desfiló el ejército y la banda oficial con mucho pito, muchas cornetas y demás gangarrias. La gente seguía mirándonos y hacía comentarios. Nosotros tratábamos de abrirnos paso entre el barullo y llegar hasta la explanada donde se realizaba «el grandioso desfile», como gritaba una mujer enronquecida desde los asoladores altoparlantes. Hubo momentos en que en medio de tanta gente chillando y con aquel calor apabullante, creí asfixiarme de no llegar de inmediato a la gran avenida. Pero tú entonces desenfundabas el termo de su genial estuche y me dabas un poco de agua. Casi a golpes seguimos avanzando entre pancartas, niños medio muertos y ancianos que de puro milagro se mantenían en pie. La muchedumbre que nos seguía se mezcló en la concentración y todo era una sola masa compacta. Un muro. «Paso, paso», gritabas tú, y yo batía mi abanico y golpeaba con la sombrilla, hasta que llegamos al cordón de milicianos que protegía el desfile. En ese momento, recuerdo, pasaban los estudiantes, cacareando no sé qué amenazas de muerte contra el enemigo. Detrás, con pasos muy señoriales, venía el batallón de la milicia femenina. El cordón de los guardias parecía impenetrable. Pero tú lo burlaste, Ricardo. «Paso, paso a Prensa Latina», dijiste. Me halaste por un brazo, y ya estábamos los dos en medio de la avenida y a la cabeza del «grandioso desfile». Sonaron los silbatos de la policía, se oyó el chiflido de las perseguidoras. Pero ya era tarde. Nos habíamos situado en el mismo centro de la calle y marchábamos con regio porte hacia adelante. Detrás venían los estudiantes, el batallón de las mujeres; después, nublando toda la calle, los obreros organizados por sindicatos, portando banderolas enormes y desplegando unos carteles tan imponentes que tenían que hacer

21

grandes esfuerzos para no caer al suelo, muertos. Lejos sonaba aún la bambolla de la banda oficial. Y a medida que avanzábamos, Ricardo, notábamos que todos los aplausos y las miradas eran para nosotros. Los estudiantes estaban al borde del delirio. Olvidaron las consignas que tenían que repetir con gran entusiasmo, y ahora alzaban los brazos, aplaudían y hasta parecían piropearnos. Sí, Ricardo, a ti y a mí parecían piropearnos con gestos y voces exaltadas. El batallón de mujeres marchaba sin perder el ritmo, pero sólo miraba para nosotros, y cuando el guía, con una voz que parecía que se iba a acabar el mundo, gritó: «¡Vista derecha!», para saludar a la tribuna, nadie volvió la cabeza. Más atrás oímos el murmullo delirante de todos los trabajadores y, por último, el estruendo de todo el público que había ido a la concentración. Así, a punto de crear el pánico entre las autoridades, que por un momento también quedaron extasiadas, atravesamos la gran avenida central, entre el estallido cerrado de los aplausos, los gritos de «¡Hurra!» y el tronar lejano de los himnos insufribles. Luego, al desembocar en la Avenida de Rancho Boyeros, nos volvimos hacia la gran concentración, levantamos los brazos en actitud de agradecimiento y despedida, y desaparecimos entre el delirio y la confusión... Sé que las autoridades, pasada la estupefacción, trataron de localizarnos. Pero ya era tarde.

Triunfantes y extenuados —la ropa hecha trizas— llegamos a la casa. Pusimos «Los cinco latinos» y durante toda la noche no hicimos más que lanzarnos elogios y hablar del gran éxito.

Y fuiste tú, Ricardo, quien, por la madrugada —«Los cinco latinos», bien lo recuerdo, cantaban *Don Quijote*— dijiste «Evatt (hacía tiempo que pronunciabas sin problemas esas tres *t* finales que yo le había agregado a mi nombre para hacerlo más *jai*), «Evattt», dijiste —y ahora me parece estarte oyendo de nuevo—, «¿tú estás segura de que todos nos miraron durante el desfile?». No te contesté de repente. Fui hasta el tocadiscos y lo apagué. Tú, de pie junto a mí, sudoroso, con la payama tejida a vuelo pegada al cuerpo, me seguías observando. «¿Estás segura de que todos nos miraban?», volviste a preguntarme. Y yo empecé a recordar, y tuve un sobresalto, y me golpeó el temor. Pero no podía dejarme aturdir por las lucubraciones, Ricardo. «Claro que sí, Richard», te dije. «¿Quién iba a dejar de mirarnos?» Tú hiciste silencio. Te ajustaste más la payama y saltaste bocarriba sobre la cama. Yo prendí de nuevo el tocadiscos. «Apaga eso», dijiste. «Bien sabes que no me gustan esos tipos con su gritería.» Fui hasta el tocadiscos y lo apagué. Pero yo no sabía nada, Ricardo. Hasta entonces nunca me habías dicho que no te gustaran «Los

22

cinco latinos»; al contrario, me parecía que te privaban. «Estoy seguro de que alguien no nos ha mirado en el desfile», aseguraste cuando ya estábamos en la cama. Y creo que tu voz sonó un poco ronca, como si estuvieses acatarrado. «No seas atacante», te contesté. «¿No viste que todo el mundo nos tenía los ojos puestos encima?» «Tampoco yo descubrí a nadie que no nos vacilase», dijiste. «Pero, no sé. Había tanta gente. Es posible que alguien dejara de mirarnos»... «Cállate», te dije. «Estoy muerta de cansancio.»

Cuando desperté era media tarde. Tú no estabas en mi cuarto. Te busqué por toda la casa. Aunque no desconfiaba de ti, Ricardo, fui hasta el escaparate. Y comprobé que faltaba todo el dinero que mamá nos había dejado. Por un momento se me nubló la mente y pensé llamar a la policía. Pero me contuve. Lo más conveniente era evitar todo roce con esa gente. Al borde de la histeria total y sin poder dar una puntada en toda la tarde, me resigné a esperar. Llegaste jadeando, cerraste la puerta y tiraste en la mesa el enorme paquete que casi no te cabía en los brazos. «Ahí tienes hilo para rato», me dijiste. «Ponte a tejer.» Y me entregaste también como una docena de revistas donde venían hasta los últimos modelos franceses. Al momento se me pasó la furia. Ni siquiera te pregunté por el dinero, Ricardo. Bien veía ya que lo habías sabido utilizar. Y mientras repasaba los distintos modelos que venían en las revistas (algunos realmente monumentales), tú me contaste la odisea por la que tuviste que pasar para conseguir los estambres, el hilo español y hasta el chino que por entonces también escaseaba. Hasta el reloj de pulsera tuviste que venderlo, y ahora exhibías tu muñeca desnuda. Pero valía la pena: La compra fue formidable... Tejí hasta por la madrugada. Inventé puntos inconcebibles. Manejé las agujetas con tal velocidad que amaneciendo terminaba ya la primera pieza, una gran chaqueta a la marinera, azul celeste con incrustaciones en canevá formando un paisaje submarino. Una verdadera maravilla, para ti, Ricardo. Te la probaste y realmente lucías formidable. «Vamos a ver si alguien se atreve a no mirarnos ahora», dijiste de pie, frente al gran espejo de la sala que aún no pensábamos vender. «No habrá quien se resista», te contesté, mostrándote varios de los regios modelos que venían en la revistas. «Sí», dijiste tú, Pero esta afirmación no sonó con verdadera seguridad.

Pero yo, entusiasmada, seguí tejiendo. Tú, tratando de ayudarme en todo, desenrollabas las madejas, ponías el último *long playing* de «Los Meme», hacías el almuerzo, contestabas al teléfono. Al fin, terminé con todos los hilos que trajiste. Para ti hice pantalones entallados a cuatro cadenetas, calzoncillos calados a punto loco, medias a punto conejito imitando las «Once Once» ya desaparecidas, y aquellas camisas a rayas rojo escarlata y verde billar con otros modelos realmente geniales. Para mí preparé siete vestidos que eran un encanto con el hilo blanco español y tres blusones estupendos, muy escotados, tejidos en el complicado punto de Santa Clara. Por fin decidimos hacer la salida que consistiría en un recorrido por toda la ciudad de la Habana y que fue un verdadero éxito.

Qué viaje, Ricardo, qué viaje por toda la Habana. Afocando en medio de las ruinas. Contra las paredes descascaradas, junto a las terrazas apuntaladas, en el centro de los basureros y los derrumbes, sólo nosotros brillantes y triunfales... Después, para tomar un poco de aire fresco, nos paseamos por el *loby* del Habana Libre, provocando los comentarios, el escándalo o la admiración de todo el mundo. Al cruzar la esquina de L y 23 el murmullo fue tan bárbaro que hasta tú mismo, por un momento, te detuviste desconcertado. ¿Sería posible que todo aquel escándalo fuese en homenaje a nosotros?

Y lo era, Ricardo. Para nosotros aquellas risas. Para nosotros aquellos aplausos. Y el tráfico paralizado. Y las mujeres uniformadas como cebras sonando deseperadas sus pitos y mirándonos también hechizadas. Tomamos la acera. avanzando entre el tumulto que se apartaba y nos cedía el camino, y llegamos a Coppelia. Qué torbellino, Ricardo. Pensé que la plataforma se vendría abajo. La risa, la gente que se nos acercaba y casi quería tocarnos, el murmullo constante, la cola que se fue desintegrando. Y nosotros, con paso regio, subiendo hasta la parte más alta del edificio. Tú con tu frac tejido a punto ilusión que imitaba el crash, bastón forrado con hilos dorados y gran sombrero de copa amarillo girasol. Yo con el bolso nacarado, suecos gigantescos pintados de rojo, la minifalda dorada con argollas metálicas y un pañuelo finísimo que cayendo desde el pelo llegaba al piso. Nos sentamos y la camarera tartamudeó al preguntarnos qué íbamos a tomar. De allí salimos, con ese aire de indiferencia que nos asentaba tan bien, siempre aclamados. Nos metimos en «El Gato Tuerto» y opacamos a la Acevedo que, desesperada, por poco se desgañita. Causamos sensación, Ricardo. De eso estábamos seguros. Sin embargo, a veces yo te sorprendía mirando a un sitio distante, buscando —ahora bien lo sé— a esa persona que tú presentías que no nos estaba mirando. Y yo también volvía la cabeza y seguía tus movimientos. Pero nada. Pero nada. Era el triunfo: Miraba los camareros, miraba los cantantes, miraba hacia las mesas cercanas, a la gente que estaba de pie en la puerta, y comprobaba que todos nos estaban mirando. Sí, era el triunfo, Ricardo. Y sin embargo, yo también, por tu culpa, dudaba. Y algunas veces me volvía de pronto, para tratar de descubrir a ese que tú presentías (que yo presentía) que no nos estaba mirando. Pero no descubríamos a nadie, Ricardo. Todo el mundo nos seguía contemplando. Entonces, tú me mirabas y yo te sonreía, segura ya de nuestro éxito... Ay, Ricardo, pero al volver a la casa íbamos en silencio y ni siquiera comentábamos el éxito. A veces hasta en las calles, tan desiertas a esa hora de la madrugada, tú te volvías rápido, buscando. Luego bajabas la cabeza. Y los dos seguíamos andando, sudorosos por tantos estambres.

Para confeccionar el ajuar de otoño —en la moda hay que regirse por las estaciones, aunque esta isla sea siempre un infierno—, vendiste, con mi consentimiento, la coqueta y el sillón de mimbre de mamá y hasta los refajos que ella no pudo llevarse. Bien sabía yo que las cosas se estaban poniendo malas, Ricardo: Cuando llegaste a la casa con sólo cuatro cajas de estambre casi ni me asombré. Para completar nuestra vestimenta decidimos vender los cuadros y repisas del pasillo y todas las cortinas de la sala, propiedades también de mamá.

Precisamente por aquella fecha (estábamos en los tiempos del yé-yé) nos llegó la segunda carta de mamá (la primera era aburridísima, sólo hablaba de la comida que le habían servido en el avión). Decía que estaba maravillada, que ya había visto *Cleopatra* por la Taylor, y que nos esperaba. Nosotros, como respuesta, le enviamos aquella foto regia que nos tiramos en el bosque de La Habana. Tú, con la chaqueta amarillo llameante de cantos ribeteados hecha a puntos impares; yo, con el corte abanico que por entonces era el último grito; y el río detrás, como una gran mampara. Mamá, recuerdo, se enfureció mucho con esta respuesta. Decía que estábamos chiflados y que no sabíamos lo que nos esperaba. «Ustedes no saben lo que es el comunismo ateo y cruel», escribía con letras redondas en el centro de la carta. «Ya verán.» Pobre mamá, ella siempre con su afán de exagerarlo todo. Aunque esta vez tenía razón: las cosas se fueron poniendo cada día peor; los hilos no se encontraban en ningún sitio, y los precios de la bolsa negra por las nubes. Tú, Ricardo, tuviste que traficar casi todos los cacharros de cocina, algunos muebles y los retratos de familia. Hasta el enorme óleo donde aparecía mi abuelo de pie con una mano puesta nada menos que sobre la bola del mundo, lo cambiamos por tres conos de estambre inglés. Pero, qué remedio: no podíamos darnos por derrotados. No podíamos salir a la calle con un modelo que habíamos exhibido la semana anterior; mucho menos ahora, que ya éramos famosos, y también nos perseguían de cerca. Sí, es cierto que mamá tenía razón (sus cartas continuaron llegando con la misma letanía: que aun estábamos a tiempo de salvarnos, que si no nos habrían lavado el cerebro), pero si de algo nosotros estábamos seguros, porque tú también, Ricardo —tú más que yo— era de que nunca nos marcharíamos de aquí... Mi sueño dorado ha sido siempre bajar de un «Impala» imponente, tomar una avenida de alfombras rojas rodeadas por las flores más exóticas, mientras una música divina brota de todos los sitios. Siempre he querido ser la que salga del cohete interplanetario después de un viaje por las constelaciones más remotas. La puerta se abre. Y yo, aclamada por millones de personas, desciendo la escalerilla... Por eso bien sabemos que éste es nuestro sitio. Aquí es donde podemos llamar la atención. Bien sé, por revistas que ya no nos llegan, que en Londres una mujer enciende una hoguera en la calle más populosa, se pega candela, y nadie se molesta en mirarla. En Nueva York los maniáticos salen desnudos a la calle y sólo son requeridos, mirados, por un frío policía que, imperturbable, los conduce a la cárcel. Es cierto que algunas veces siento miedo, que algunas veces medito sobre las cartas de mamá. Todo es tan horrible aquí, inseguros, acosados, incomunicados. Me pregunto qué será de la vida de Sandra Dee y de Audry Hepburn; si es verdad que Marlon Brando ya es un viejo y si Diana Varsi no ha vuelto a filmar ninguna otra película. Quizás Ingrid Bergman ha muerto y estos periódicos desechan la noticia para decirnos cuántas caballerías de papa se han sembrado en qué se yo qué regional u otro lugar intolerable. Sí, puede ser. No hace mucho me enteré de que la Mansfield se había carbonizado. Me enteré de chiripa, mirando al vuelo la contratapa de una revista extranjera que alguien hojeaba en la guagua. Es terrible, realmente. De «Los Beatles» ya no nos llega ni un disco y hasta una vez me dijeron que Fabián se había suicidado. Pero nada pude comprobar. Nada. Es terrible, sí, pero este es nuestro sitio. Descender de un «Impala», sí, pero aquí, en la cafetería del «Capri», en la cola de «Coppelia» o frente a las ruinas del Parque Central, donde bien sabemos que vamos a llamar la atención. Porque aquí no hay «Impalas», ni habrá cohetes interplanetarios... Es cierto que mamá tenía razón. Es cierto que esto cada día se pone peor (algunas veces nos volamos hasta el turno de la comida), pero precisamente por eso tenemos que estar aquí. Antes, salir a la calle con una casaca corte imperial adornada con tachuelas era cosa corriente. Ahora es un acontecimiento. Todavía recuerdo cuando yo era chiquita y mamá me llevó a aquella fiesta que daban las señoras de Villalta o algo por el estilo. Con aquellas mujeres tan imperifolladas, acorazadas de diamantes, forradas de oro y piedras increíbles, únicas ellas, no se podía hacer nada. Nada. Era imposible competir. Quedé realmente opacada, humillada. Y eso que nosotros, por entonces, no andábamos tan mal. Mi traje no era cosa de juego. Pero quedé totalmente postergada y juré que jamás iría a ninguna fiesta que dieran aquellas extremistas... Sí, desde luego, este es nuestro lugar. Ricardo, tú mejor que nadie lo sabías. Tú ni siquiera comentabas las cartas de mamá. Tú siempre tan previsor... Sí, fuiste tú quien me aclaraste nuestra situación. Aún lo recuerdo. Tú fuiste una vez quien dijiste que nosotros éramos los verdaderos héroes. «Porque en un lugar», dijiste, «donde todo el mundo es héroe, el único que realmente lo es, es el que no quiere serlo». Recuerdo esas palabras tuyas, Ricardo, dichas aquella tarde en «El Carmelo», mientras huíamos casi corriendo por sobre las mesas pues la policía nos perseguía de cerca. Por aquella época ya nuestra fama era tremenda.

Por eso, a pesar de la constante persecución, nosotros seguíamos persistiendo. Cuando menos lo esperábamos, surgíamos de pronto: En el tumulto de «La Rampa», en el barullo de la playa o en la platea del «García Lorca», momentos antes de que empezara la función. Surgíamos, sí, y la conmoción era imponente. Y ya cuando nos sentíamos acosados dábamos un giro magistral, y, al instante, desaparecíamos. El público nos victoreaba. Los atacantes chillidos de las perseguidoras se confundían con el estruendo de los aplausos.

Seguíamos exhibiéndonos, Ricardo. Seguíamos siendo la sensación de toda La Habana. Provocando la admiración de todo el mundo... ¿De toda La Habana? ¿De todo el mundo?... Ay, Ricardo, si antes pensaba de ese modo, ahora no podía decir eso. Tú fuiste el primero en sospechar que no era así; que aunque era cierto que causábamos todos esos aspavientos fabulosos, alguien, que todavía no habíamos podido localizar, dejaba de mirarnos siempre. Y ese alguien era más importante que todos los demás. Y ese alguien, ay, Ricardo, parecía estar en todos los sitios, acechándonos sin mirarnos, precisamente fastidiándonos por su poco interés en fastidiarnos; por su indiferencia. Pero, ¿dónde estaba? ¿En qué sitio se escondía? ¿Desde qué balcón imponente se colocaba de espaldas a nosotros? ¿Dónde se metía? No lo sabíamos. «No está en ningún sitio, Ricardo. No existe», te decía yo. Y tú ni me contestabas. Te volvías y seguías atisbando hacia todos los lugares.

«Mira, todos nos están contemplando embelesados. Mira, Ricardo.» Y tú me mirabas, sólo un momento. Y casi sonreías.

Después, más paseos. Para El Festival de la Canción de Varadero (aún estaba de moda el twist) vendimos el colchón de mamá, el juego de té que jamás usó, la bañadera de su cuarto y la colección de abanicos falsamente japoneses. Todo eso lo invertimos en hilos y agujetas francesas. Para el pasaje y la estancia decidimos vender el refrigerador. Fuimos. Y opacamos a todos los cantantes. A una francesa, por cierto coja, la hicimos llorar en pleno escenario. El público, ignorándola, miraba para nosotros, mientras ella, casi moribunda, seguía gritando «padam, padam, padam»... La Massiel se quedó sola con su aleluya. Y hasta la Fornet con tantos siglos de experiencia, perdió la tabla y la poca voz que le quedaba al ver que nosotros le robábamos el espectáculo... Con los divinos trajes, y sin un medio para tomarnos un refresco, volvimos a La Habana. Ya en la casa, ahora tan desierta y grande (ya habíamos vendido los muebles de la sala) traté de quitarte de la cabeza la idea de que alguien aún nos dejaba de mirar. También yo trataba de convencerme a mí misma.

Te hablé durante toda la noche mientras modelaba los trajes que íbamos a usar en el próximo verano. «Todos nos miraron. No se quedó ni el gato sin contemplarnos», te decía (y ahora me paseaba con el disfraz de dominó). «Las estrellas más fabulosas se vieron postergadas por nuestra presencia» (y ahora exhibía una casaca india), por nuestro arte, por nuestro genio inigualable... «Por nuestros vestidos», dijiste tú entonces, interrumpiéndome (yo andaba envuelta en un largo traje de noche, línea semirrecta, que casi me impedía dar un paso). «Por los vestidos», dijiste de nuevo. Los dos hicimos silencio. Luego, con cansancio, agregaste: «Además, no estamos seguros de lo que dices. Entre la confusión pudo haber alguien —y levantaste la voz con una convicción aterradora— que no nos miró ni siquiera un instante». «Pero, ¿lo viste?», te grité furiosa y asfixiándome dentro de aquel vestido apabullante. «¡No!», dijiste, también gritando, «pero estoy seguro de que estaba allí». «¡No había nadie!», chillé entonces. «Estás loco, Richard. Estoy segura de que todos nos miraban. Cómo puedes pensar»... Pero ya tú entrabas en el cuarto. Y yo, de pronto, al sentirme hablando sola y envuelta en aquella indumentaria (el zíper, imitando una serpiente, atravesaba el alto cuello y remataba en la misma barbilla) estuve a punto de perder el juicio. Desesperada caminé por toda la sala, entré en el cuarto y me desvestí.

Al otro día empeñaste las cortinas del baño, los jarrones del comedor, las copas de «Baccarat» y hasta la gran lámpara de lágrimas de cristal de la sala bajo la que tan regiamente nos habíamos exhibido. Todo lo negociaste con mi aprobación, Ricardo, para comprar estambres y agujetas de contrabando. Regresaste bien pertrechado, y yo comencé a tejer mientras tú escrutabas en todas las revistas de moda (que ya habías clasificado por países, épocas y estaciones), buscando modelos espléndidos, combinaciones insuperables. Para esa fecha, yo había desarrollado tal velocidad con las agujetas que en una noche te hice aquel traje genial, corte egipcio a punto rasante y color gris metálico. Para mí confeccioné un vestido corte princesa con un gran lazo que era el toque perfecto. Al otro día seguí tejiendo: Para ti el regio almaizal a razos dorados; para mí, la falda de guinga con su canesú estampado; para ti, los guantes azul prusia y el capuchón de beduino; para mí el fabuloso traje sastre gris topo; para ti, la chaqueta semejante al oro a punto enano; para mí el soberbio camisón repujado a punto fajín... Y ese verano nos lanzamos a la calle con todo nuestro ajuar totalmente renovado.

Para el Gran Toque Sagrado de Batá (tú fuiste quien me enseñaste esa jerga africana), exhibimos colosales trajes de santeros. Tú, con la gran batahola blanca tejida a punto cadeneta; yo con aquel gran gorro hecho a punto jersey que causó sensación aún entre las negras más fanáticas. Bien recuerdo nuestro éxito. Bien recuerdo aquel toque de tambores. Aquel estruendoso bembé que se prolongó hasta el oscurecer, la casa (era en Guanabacoa y agonizábamos del calor) estaba repleta de negros danzantes y de turistas franceses. Sí, Ricardo, recuerdo aquella música, aquellos cantos que de tanto repetirlos aún me parece como si los oyera. Aquel «Barasuyo omoniala gwana». Y el otro coro que respondía: «Obaraguayo eké, eschú oddará». Y así ininterrumpidamente, mientras repiqueteaban los tambores y el baile se hacía más frenético. Y nosotros allí, en un rincón, esperando nuestro momento. Finalmente, cuando la letanía del coro era más tronante y por una de las médium pasaba el santo, irrumpimos nosotros. Y al son de aquel toque comenzamos a danzar... Qué éxito, Ricardo. Hasta el poseso volvió a encarnar y se quedó quieto, contemplándonos. Qué triunfo. El coro repitiendo la letanía, las negras sudorosas mirándonos como a dos aparecidos maravillosos, y los turistas franceses aplaudiendo. Rompimos todas las reglas de la tradición, y sin embargo, nadie protestó. Eran tan deslumbrantes las telas que exhibíamos, la combinación de los colores, la maestría de los puntos. Al oscurecer, antes de que comenzara el gran toque en

29

homenaje a Obatalá, nos marchamos. Lejos oímos los cantos y el chillido de las sirenas. La policía andaba ya muy cerca.

«Nos confundieron con dioses», te dije ya en la casa mientras me despojaba de los trajes religiosos. «Sí, dijiste tú. Pero creo que allí también había alguien que no nos miró ni un instante.» No te hice caso, Ricardo. Ya eso era el colmo. Después de aquel éxito venirme con esa respuesta. No te hice caso. Entré en mi cuarto. Y allí, envuelta en el traje de dormir a punto bajo, empecé a recordar la fiesta. Empecé a dudar... Sí, Ricardo, porque yo, ahora en el cuarto, puesto el *long playing* donde Georgia Gálvez cantaba *Capri*, pensaba. Sí, pensaba, aunque no quería, aunque me negaba a aceptarlo, que alguien en algún rincón de aquella casa o templo nos dio un hielo intolerable. Así pensaba, aunque algunas veces te daba por loco y decidía, rotunda, que no iba a consentir tales chifladuras.

Y tú te me escapabas, Ricardo. Tú te me ibas de entre las manos. Y yo nada podía hacer para retenerte. A media noche sentía cómo te deslizabas de la cama, llegabas en puntilla hasta el closet y te vestías con las indumentarias más regias. Te veía en la semipenumbra, Ricardo, modelante el kimono dorado, el traje de marinero, el sobretodo americano, la corbata de dos metros, el kaftán de hilos plateados o el fabuloso almaizal. Luego salías a la sala, prendías la luz. Y caminabas exhibiendo todos los trajes, tomando, por momentos, posturas desvergonzadas, hasta lujuriosas... Ay, Ricardo, a qué venían esas desfachateces. Tú, tan tranquilo, tan fiel conmigo y tan amante del gran público, haciendo esas cosas en una sala despoblada y casi en penumbras (fuera de la gran lámpara de lágrimas ya desaparecida, el resto de nuestra iluminación era muy pésima). Acaso pensabas —sí, estoy segura que así era— que el que se negaba a mirarnos estaba ahora en la casa, en un rincón, de espaldas a nosotros... Saliste al balcón. Y te vi, envuelto en la oscuridad de la madrugada y en un regio traje de obispo, alzar las manos al aire, como buscando, como clamando, como tratando de encontrar a esa maldita figura. «Te has vuelto loco», pensé. «Ya no tienes escapatorias.» Y entré en el cuarto... Pero al otro día, Ricardo, mientras tú hacías la cola de los estambres, yo saqué de mi escaparate el gran traje de gala, estrenado en uno de los más glamorosos shows de tropicana, y con él (la cola provocaba cataclismo de polvo) me paseé por toda la casa. Y también salí al balcón. Y también Ricardo, extendí las manos al vacío... Pero nada. Nadie vino. Nadie me respondió. Nadie estaba a mi lado, mirándome. Volví a entrar a mi cuarto, arrastrando la regia indumentaria. Me tiré en la cama. Casi sentía deseos de llorar. En ese momento tocaron a la puerta. Pensé que eras tú que habías olvidado la llave.

Era el cartero. Otra carta de mamá. La pobre, repitiendo las mismas boberías. Que qué pensábamos, que si nosotros también habíamos enrojecido. No la terminé de leer. Fui al gran costurero y empecé a tejer una preciosa combinación de playa. Chaqueta calada y taparrabo fosforescente. Para ti, Ricardo.

Al rato, llegaste con todos los estambres. Abriste las cajas y comenzaste a desenrollar las madejas. Ese verano también nuestro éxito fue descomunal.

Pero todo lo demás seguía empeorando. El racionamiento completo, el hambre absoluta, la incomunicación total. Cuando se iban las luces (las apagaba y apaga el gobierno con sus extenuantes planes de ahorro) yo tenía que tejer a la luz de una vela; vela comprada en bolsa negra que tú, paciente, sostenías en alto. Por un tiempo desapareció hasta el hilo búlgaro y hasta el chino. Entonces le echamos manos a las tendederas del patio, a los cordeles de los vecinos, a los hilos de amarrar paquetes que tú regateabas en las ferreterías. Pero no desfallecimos. Cuando desaparecieron las agujetas, salimos una noche, varias noches, los dos muy cerrados de negro, con los *slacks* tejidos a punto remate, a robar rayos de bicicleta. Atravesamos en silencio las oscuras calles de la Quinta Avenida y, a riesgo de perder la vida (esta gente es capaz de llevar al paredón hasta a un infeliz ladrón de flejes), nos hicimos de una enorme coleción de rayos que tú, con extraordinaria paciencia, transformaste en agujetas francesas... Y como si eso fuera poco, el gran acoso, la persecución constante. En la cafetería del «Capri» estuvimos muchas veces a punto de caer presos. Por suerte el grupo clandestino «Los Camisas Abiertas», formado por jóvenes admiradores nuestros, hacían un gran alboroto y, aprovechando la confusión, nos refugiábamos en los bajos del «Foxa». De allí salíamos muchas veces escoltados discretamente por «Los Batts» (otro grupo que tanto nos admiraba) hasta el Malecón. Finalmente, cerraron los cabarets, hicieron grandes recogidas en el «Capri». Nuestro círculo de operación se redujo a La Rampa, al Paseo del Prado, al Coppelia y al lobby del Habana Libre. Y, para colmo, también todos esos lugares estaban vigilados.

Pero allí mismo desplegamos nuestras telas. Allí deslumbrábamos con aquellos puntos maravillosos inventados por mí (creaciones mías, secretos de oficio que jamás revelé ni a una de las millares de mujeres que constantemente se me acercaban pidiéndome información). Seguimos atacando a la ciudad, Ricardo. Perseguidos, sí, pero eso hacía la cosa más interesante, más difícil y sensacional. Nos hicimos de una red de aliados que nos llamaban constantemente, ofreciéndonos la última revista de moda publicada en París, conseguida sabrá Dios de qué forma, invitándonos a una fiesta secreta donde nosotros, con nuestros ajuares, provocaríamos grandiosos tumultos, o previniéndonos contra una recogida que se planeaba para fines de semana en toda la calle 23.

Gracias a ellos nos salvamos. Sí, gracias a ellos nos salvamos. Sí, gracias a ellos, que nos pusieron en contacto con los contrabandistas de altura y pudimos hacernos de aquel hilo español que nos costó un ojo de la cara: todos los muebles de nuestro cuarto, sin contar la cama, claro.

Ricardo, con aquel hilo tejí la gran colección de disfraces. Aquella maravilla. En el último carnaval nos destacamos en forma tan colosal que hasta las integrantes de la comparsa de Las jardineras de Regla se vieron totalmente postergadas. Delante de la gran comparsa íbamos nosotros. Tú, disfrazado de Popeye el Marino; yo, a lo Rosario, con aquel chambergo de fieltro con brocados centelleantes. Los dos, divinos. Así, durante toda aquella temporada de carnaval seguimos imitando, con éxitos rotundos, a todos los grandes personajes. Tú caracterizaste al Coronel Choladisa: yo, a tu lado, con una falda larga y estrecha, era la viva estampa de la Duquesa Sonrisa, Lorenzo y Pepita, Tobi y Anita la Huerfanita, Drácula, Juana la Loca y el Papa, Marvila la Mujer Maravillosa, King Kong y hasta Supermán con su gran capa azul vitral salpicada de tachuelas. Todos, todos esos personajes fabulosos desfilaron el El Prado sepultados por las serpentinas y la mar de aplausos de un puebio que nos aclamaba.

Ay, Ricardo, pero al llegar a la casa, luego de los grandes triunfos, volvíamos a mirarnos. Y no teníamos que hablar para entendernos. «Sí», decías tú, sin decirme nada, todavía bajo la capa de Supermán. «El éxito fue bárbaro. Pero alguien dejó de mirarnos. Estoy seguro.» «Creo que tienes razón», te decía yo entonces sin abrir los labios, aún con la corona y envuelta en mi regia estola a lo Catalina La Grande. En silencio comenzábamos a desvestirnos sin haber pronunciado ni una palabra.

Y nos acostamos sin hablar. Estamos rendidos de cansancio, y aunque no podíamos (o no queríamos) explicarnos por qué, nos sentíamos un poco defraudados. ¿Sería posible que resultasen inútiles todas nuestras indumentarias? ¿Sería posible que alguien se estuviese burlando de nosotros y que no nos mirara? Pero entonces, me decía, si lo que quiere es demostrarnos que no le interesamos, ¿por qué no aparece de una vez para darnos la espalda?

Y deduje que a ese que nunca nos miraba le interesábamos tan poco, éramos para él tan poca cosa, que ni siquiera se molestaba en darnos la espalda, y ni siquiera iba a los lugares donde estábamos nosotros. Le somos tan indiferentes, pensé, que no sabe ni que existimos... ¿Y cómo íbamos a permitir nosotros que esto sucediera? Había que deslumbrarlo. Llamar su atención, hacer que nos mirara. Pero, dónde estaba. Ay, Ricardo, dónde estaba... Sí, así pensaba. Pero, hay que decirlo, el del plan fuiste tú. Yo, después de todo, no te dije nada de lo que estaba pensando.

Me levanté sin despegar los labios, fui hasta el tocadiscos y lo prendí, la voz de la Carrill me fue tranquilizando al son de *No somos ni Romeo ni Julieta*. Estaba tan extenuada que volvía a quedarme dormida.

Sin duda, tú apagaste el tocadiscos. Cuando desperté había un silencio total en el cuarto. Fuera del silencio y de mí misma poco había en toda la habitación. Vi que casi todos los tocadiscos habían desaparecido. Los visillos de las ventanas, la colcha tejida a punto cadeneta, las fundas, la coqueta con todos su anexos (menos el espejo) y hasta las regias agarraderas de bronce con cara de dragón de la puerta habían volado. La claridad entraba ahora en el cuarto directamente y me hería los ojos. Envuelta en aquella «terrible luz del trópico», como decía mamá, me miré en el espejo, y me vi, qué horror, acabada de levantar, sin maquillaje, con el pelo revuelto. Una bruja. Pero no podía ponerme a pensar en esas tonterías ahora que la casa estaba como desvalijada. Y así era. Salí del cuarto y no vi casi ni un mueble, ni un adorno. Hasta la gran ampliación de un retrato de mamá (ella de pie con una mano puesta sobre una silla centenaria) había desaparecido. Fui hasta su cuarto. Allí estabas tú, envolviendo sus últimos vestidos, aquellos ripios, y echándolo todo en un saco. «Richard», te dije poniendo una mano en el marco de la puerta y amenazando con desmayarme, «¿qué sucede?». «Lo que ves», dijiste. «Hay que venderlo todo.» Yo no supe qué responder. Creía saber cuáles eran tus planes (porque casi siempre he adivinado tus pensamientos, porque casi siempre hemos pensado más o menos las mismas cosas, porque casi siempre habíamos sido la misma persona), pero no imaginé que todo iba a suceder tan rápido. En ese momento oí el ruido de un camión allá abajo. Tocaron a la puerta. Abriste y yo me refugié en mi habitación. Desde la ventana, protegida por una tolla a punto crochet, vi cómo iban descendiendo los últimos muebles. El sofá gigante donde mamá se sentaba en las tardes de canasta, la mesa de centro del balcón, los dos sillones defondados, la última butaca de cuero, los ceniceros de pie, la semicolumna de yeso, casi todos los bombillos y hasta la bola del mundo junto a la cual se había retratado mi abuelo... Todo fue depositado por los obreros sobre el camión. Rápidamente aquellos hombres fúnebres (iban vestidos con overoles oscuros) pusieron en marcha el vehículo y partieron a toda velocidad. Envuelta en la gran toalla salí a la sala. Y te vi, de pie, en el centro de la estancia donde sólo quedaban dos sillas, contando el dinero. Ricardo, también vendiste los discos de Pat Boone, de La Massiel y de Luisito Aguilé, cosas por las que ahora se puede arar el mundo sin que se encuentren. Sin decir nada saliste a la calle. Regresaste por la noche, cargado con todos los hilos que encontraste en las tiendas, y que no sé cómo pudiste comprar pues en nuestra libreta no nos quedaba derecho ni para una hebra. «Teje», me dijiste, tirando el enorme parqué en el piso. Yo, todavía un poco desconcertada, miré las madejas de estambre desparramadas por el suelo. Pero nada te dije, y seguí tus indicaciones. Tejí los modelos más extraordinarios, los más complicados, los más raros; todos los que tú me señalabas en las revistas o lo que en ese mismo momento se te ocurrían. Ni siquiera me dejabas preparar la comida. Tú te encargabas de eso. Sólo querías que yo tejiese. Era como si te hubiesen concedido un plazo brevísimo y tú tenías que estar listo en ese corto tiempo. Descolgaste el teléfono y no permitiste que nadie me hablara. Por último, me prohibiste oír el radio (ahora no lo oigo porque no quiero), ni siquiera «Nocturno» y hablaste horrores de todos los cantantes. «Esa partida de chilladores», dijiste. Y yo seguí tejiendo sin discutir. Sólo a última hora, cuando ya el tejido estaba terminado, empezó la gran pelea. Tú querías vender el tocadiscos y el radio, la cama y hasta la colchoneta, casi nuestras únicas pertenencias, Ricardo. «No tenemos dinero para el viaje», dijiste. Y yo, tirando la mitra papal hecha con finísimos alambres de cobre, me paré en punta y te pregunté entre chillidos de qué viaje estabas hablando. «El que vamos a empezar mañana mismo», dijiste. «¡No!», grité. Y los dos nos miramos. Por un rato hiciste silencio. Yo casi sollozaba. «Evattt», dijiste (aún seguías pronunciado las tres t, aún sentías por mí cierto respeto); «Evattt, dijiste, no podemos seguir en esta situación. Hay que salir. Hay que localizarlo.» Y tu voz era ahora como un ruego. «Tú sabes bien que está en algún sitio. No podemos seguir así. Hay que llegar hasta donde él esté y ganárnoslo. Fascinarlo. Evattt (y ahora casi llorabas), ¿no comprendes que mientras sigamos así todo es inútil, que no adelantamos nada, que toda esa gente que nos mira es gente conquistada, tumbada, que lo que importa ahora para nosotros es ese que nunca nos mira? Que es lo único, Evattt (y ahora sí llorabas), que vale la pena. El único.» Y de pronto alzaste la voz en forma tremenda y ordenaste: «Vamos a recorrer toda la isla. En algún lugar tiene que estar. Si no lo hacemos (y ahora tu voz descendió y era casi un susurro), si no lo hacemos —dijiste— es como si ya estuviéramos muertos»... Quise gritar, Ricardo. Quise seguir discutiendo, quise decirte que estabas loco y preguntarte qué pruebas tenías para afirmar que alguien no nos miraba, si precisamente donde quiera que íbamos causábamos sensación, si nuestros triunfos y nuestra fama eran, y seguían siendo fabulosas. Pero me callé. Después de todo, yo tampoco sabía nada. Dudaba. Y muchas veces en la calle, cuando éramos aclamados y rodeados por la muchedumbre, yo también miraba para atrás. Yo también, Ricardo... Pero nunca lo conseguí; nunca pude descubrirlo entonces. No dije nada. No. Y hasta consentí en que vendieras el tocadiscos con todos los discos, desde luego. Esa noche, antes de la venta, los puse todos, uno por uno. Ni oyendo a Juan y Junior, ni oyendo a Cristina y sus Stops, ni oyendo a Los Jabaloyas cantar *Mágicos colores* derramé una lágrima. Ay, Ricardo, pero cuando sonó el estruendo de los Mugstam en la casa desierta, y ahora cantaban *Soñé que había libertad*, no pude más, y, acuclillada empecé a sollozar. Luego llegaron los obreros de overol y cargaron con nuestro último consuelo. Nada quedó en la casa, fuera de la cama que ya sólo nos servía para dormir a veces, una silla, el espejo y el viejo radio que a todo trance me negué a vender. Pero no quise sintonizar aquel artefacto. A esa hora —estaba amaneciendo— no había ni un programa que valiese la pena. Tú habías salido por todo el barrio a pedir prestada las maletas, y yo, sola, como ahora, sin tejer, en la casa desierta, me sentí completamente inútil.

Llegaste y empezamos a empacar.

Yo estaba muy molesta. En realidad el viaje me parecía una locura, o un riesgo... Nunca me había gustado salir de la capital. Durante la travesía a Varadero había visto los pueblos replegados a la carretera y había comprendido que todos eran iguales, horribles. «Para aldea con La Habana me basta», decía siempre mamá, y en eso tenía razón. Pobre mamá, en la última carta que me hizo (aquí la tengo) decía que no se sentía muy bien de salud y que de vez en cuando extrañaba el sol de Cuba. Cosa sorprendente, ella siempre decía (y en eso yo también estoy de acuerdo) que este clima es un insulto. «En este país sólo pudieron vivir los indios», decía, «y eso porque andaban con taparrabos». La pobre, ni siquiera le he contestado la carta... Pero terminé de empacar, ya más tranquila, sin protestar, sin decirte nada; después de todo, hubiera sido inútil pues tú, atareado en el teléfono, tratando de conseguir varios taxis, ni me oirías. Por fin llegaron los automóviles, cargaron con todos los equipajes, y partimos rumbo a la Terminal de Omnibus... Y ahora, Ricardo, empieza de nuevo el gran recorrido. Ahora cruzamos de nuevo por todos esos pueblos polvorientos, por esos ríos infernales, por esos lugares remotos. Tú y yo, exhibiendo las mejores telas, los más complicados y exquisitos tejidos, a gente sin preparación, sin sentido del estilo, sin ningún caché. Tú y yo, Ricardo, atravesando toda la isla, con este sol inclemente, hasta que al fin suceda el desastre... Veintisiete (al igual que las que llevó Rita Haywoork al Festival de Cannes) eran las maletas, atascadas de ropa; sin contar los seis neceseres con los cosméticos, las almohadas, las sombrillas y los nailons con los once jubones estilo Isabel la Católica donde también iba tu ropa interior. Así, ante el asombro del público de la terminal y la indignación de maleteros y chóferes, salimos de La Habana en medio de un calor apabullante. De contra, el sol daba en mi ventanilla y yo, enfundada en un blusón de gala —con el apuro no supe escoger ropa apropiada para el viaje—, creía derretirme. Ay, Ricardo, y ni siquiera un radio portátil nos consolaba.

Llevados en hombros por los hippies de Pinar del Río entramos en esa horrible aldea. Por suerte, los hippies de aquel infierno eran deliciosos. Estaban muy actualizados para el lugar y alabaron mucho tu kimono dorado en punto rosita de maíz. Yo, que no quise esforzarme en un lugar que no estaba a mi altura, me limité a exhibir por el parque mi túnica corte V con gasas y volantas, hecha en puntos de fantasía. Toda la noche te la pasaste modelando por aquellas calles tortuosas. A veces mirabas para atrás, levantabas la cabeza, te inclinabas, atisbabas para todas partes. También yo, Ricardo, te seguía en esos ademanes. Y siempre nuestros ojos tropezaban con el público, que confundido entre el barullo de los hippies que no nos perdieron pies ni pisada, y nos miraban extasiados. Así me anoté el primer triunfo y la furia, el calor y la incomodidad del viaje se fueron disipando.

Continuamos rumbo al Valle de Viñales, acompañados por una docena de aquellos jóvenes hippies que se nos ofrecieron como guías. Te admiraban mucho, Ricardo. Hubo uno que no te permitió cargar ni el cepillo de dientes. Me molestaba a veces tanta amabilidad para contigo (a mí también me trataban a pedir de boca, pero era lógico, claro), aunque ya casi estaba acostumbrada a que te sucedieran esas cosas. Siempre has tenido no se qué toque, Ricardo, para ganarte la amistad de los muchachos. Pero

36

si de algo estoy segura —de eso no me cabe la menor duda— es de que siempre me fuiste fiel. Fiel hasta el fin del viaje, Ricardo. Además, tú nunca supiste jugar en los dos bandos... Me molestaba, sí, tanta simpatía, casi galantería, para contigo, pero a la vez me alegraba. Después de todo, eso confirmaba que el viaje era inútil; que, como siempre, seguíamos arrebatando a todo el mundo y que lo mejor que podíamos hacer era regresar a La Habana, cuna de nuestros triunfos. Pero entonces no te dije nada. Esperaba a que te convencieras por ti mismo. A que no duraras más.

Con excepción de dos o tres turistas de provincia, que se alojaban en el motel, el Valle de Viñales estaba desierto. Nosotros cautivamos, desde luego, a los escasos visitantes. Una mujer se me acercó pidiéndome en secreto detalles sobre el tejido de la bata corintia que yo exhibía al borde de la piscina del motel. Desde luego que no le dije nada (tonta yo si doy mis fórmulas), pero le enseñé el punto espinoso grueso con el cual podría tejerse un vestido de invierno con cordeles de tendedera.

Oscureciendo, abandonamos el valle. Nuestros ayudantes nos rodeaban alborotados. Yo, sin saber por qué, me quedé rezagada y contemplé, desde la explanada del motel, la otra gran explanada, allá abajo, casi sin un árbol, rodeada por los mogotes. En ese momento todo el escándalo de los grillos y demás alimañas empezó a ascender. Se hacía de noche. El escándalo siguió subiendo hasta hacerse insoportable. Miré de nuevo al valle y lo vi ahora más grisoso, como envuelto en una bruma que formaba espejismos. Y empecé a sentir miedo, aunque no quise explicarme los motivos. Cerré los ojos para no contemplar más aquella extensión desolada. Y así, con los ojos cerrados, permanecí un tiempo; sin atreverme a abrirlos, pensando, aterrorizada, que de hacerlo vería a alguien allá, en medio del valle, de espaldas a mí, negado a contemplarme. Ignorándome. El miedo subió de pronto junto con el escándalo de las alimañas. Le di la espalda al valle. Abrí los ojos. Sin mirar hacia atrás eché a correr hacia donde tú caminabas entre el grupo de muchachos. La risa de ellos, los elogios que te hacían, la gran admiración que sentían por nosotros, me fueron devolviendo la calma. Al poco rato caminábamos todos muy contentos por sobre aquellos peñascos irritantes, haciendo equilibrios para no perecer, rumbo a la Península de Guanahacabibes.

La Península también estaba desierta. Nuestra exhibición se limitó a un breve paseo por entre unos carboneros, quienes al vernos dejaron su terrible oficio y se dedicaron a contemplarnos.

Yo estaba de nuevo aterrada, Ricardo: Aquella gente tan rústica, con aquellas manazas terribles; el polvo negro que les manchaba la cara. Y aquel fuego que nos subía hasta el cuello. Por orgullo, me limité a exhibir mi túnica de guinga con lazos sencillos. Pero tú sacaste tu gran traje de pelotero yucateco-antiguo. Por suerte, los muchachos que nos acompañaban nos protegeían, formando un cordón, y evitaron que alguno de aquellos hombres pudiera rozarnos con sus ropas harapientas.

Después de una insufrible travesía por toda la provincia, regresamos a la capital de Pinar del Río. Ya en el hotel El Globo, sitio espantoso donde nunca hay agua y la peste es insoportable, recogimos las maletas y continuamos viaje. Casi todo el pueblo fue a despedirnos a la terminal. Tú aprovechaste la oportunidad para exhibir tu kepis de general. Yo modelé solamente una casaca india rojo escarlata.

Pasamos por La Habana para continuar el viaje. Ni siquiera fuimos a la casa —tú no querías perder tiempo. Esa noche, antes de coger el tren para Matanzas dimos una rápida vuelta por el Coppelia y por la cafetería del Capri. Todo estaba igual. La gente agrupada en las esquinas, mirándonos; la cola interminable que a nuestra llegada se deshizo entre aplausos y gritos histéricos. Sí, todo estaba igual. Y, sin embargo, las cosas parecían como cambiadas. Hasta el mismo grupo de Los Batts, hasta Los Chicos de la Flor, íntimos nuestros, vistos a distancia, en el tumulto que nos aclamaba, parecían como empañados, aún más distantes y borrosos. Sin embargo, yo, aprovechando que estábamos de nuevo en la capital, exhibí el largo traje de lamé con mostacillas azules, hopalanda negra, cíngulo rojo sangre y diadema plateada. Tú, que nunca querías quedarte atrás, saliste con la capa pluvial, manípulo, manto y casulla. La acogida, como siempre, fue unánime.

Ya en el tren, el promontorio de maletas a nuestras espaldas, me coloqué la redecilla de cristal que me cubrió los ojos y parte de la cara, y me recliné satisfecha. Los viajeros, desde luego, se alborotaron con nuestra entrada. Y el tren se puso en marcha entre un fragor de humo y el estruendo de la locomotora. Aturdidos por ese horrible escándalo que se convirtió en una larga letanía, entramos en Matanzas. Y así, con la mala noche encima, empezamos a exhibir nuestras ropas por toda la ciudad. Era imposible discutir contigo, Ricardo. Tú querías seguir adelante. Bien sabes que nunca quise emprender el viaje. Ese no era nuestro mundo. Era como echarle margaritas a los cerdos. Se las comían, sí, pero no le podían coger el sabor. Así era: aquel público más que maravillado quedaba asombrado a nuestro paso... Pero tú, empecinado en continuar, me arrastraste, muerta de sueño hasta las Cuevas de Bellamar. El guía hablaba y yo, sin poder descifrar sus palabras, veía al público agazapado detrás de nosotros, entre las sombras de la cueva, mirándonos, olvidados del largo discurso del guía que, por otra parte, se dirigía solamente a nosotros. Hubo un momento en que a mí, tratando de conservar el equilibrio sobre aquellos zapatos de altos tacones estilo Luis XV, poco me faltó para caer en un foso horrible que alguien dijo que se llamaba el Baño de la Americana, pues fue allí donde desapareció una vieja turista yanqui que a toda costa quiso zambullirse en esas aguas casi congeladas. No supe, por fin, si encontraron los restos de la mujer. Yo, muerta de sueño, no entendí bien el final del relato que amplió el guía especialmente para nosotros. Seguí tambaleándome entre aquellas paredes rezumantes pobladas de cucarachas, exhibiendo el regio traje verde botella en línea semirrecta que, a tientas, tomé de una maleta. Me golpeé la cabeza contra una de las estalactitas y te pedí, casi a gritos, que me sacaras de aquellas furnias. El público, pensando que era otra de nuestras exquisiteces, aplaudió frenético. Los dos salimos jadeantes. Ni aire había dentro de aquel sitio inmundo. Esa tarde, por suerte, fuimos a Varadero.

Allí tuve oportunidad de mostrar mi corte abanico y el canesú tejido a punto nervio, finísimo. Tú te paseaste en bikini por la Avenida Dupont, con el gran chambergo de fieltro semejante al oro y las plataformas de cristal. El mar, la gente civilizadísima que ahora nos aclamaba. La frescura y la certeza de que todo el mundo estaba hechizado, me devolvieron la calma. Cuando, ya en la costa sur, tomamos la lancha, fletada por ti, para llegar hasta la Isla de Pinos, yo iba casi contenta.

Pero el ambiente de esa isla brutal me destrozó los nervios. Tanta gente en ropas de trabajo, y hasta de presidiario, escudriñando la tierra. Sin embargo, como tú dijiste, el éxito fue bárbaro. Por todos los sitios por donde pasábamos quedaban suspendidas las labores agrícolas. Los obreros, los estudiantes, los presidiarios, todos boquiabiertos y estáticos hasta que finalmente prorrumpían en gritos de «¡Viva!» y no sé cuántas cosas más. Durante esa travesía por aquella región calenturienta yo exhibí el sayón negro-centella calado, hecho a punto cadeneta y la gran túnica griega sin hombros y escotada. Ya de regreso, por variar, me encasqueté tu tricornio tejido a punto fajín.

A exhibir una colección de sombrillas malvas, tejidas a punto ilusión, arribamos, con nuestros divinos atuendos, a la Sierra del Escambray. Arriesgábamos la vida pues allí aún había rebeldes en guerra contra el gobierno. Pero nosotros no podíamos dejar de visitar ningún sitio. Creo que en nuestro honor cesó durante unas horas el tiroteo entre ambos bandos. Evidentemente todas las tropas nos miraban extasiadas. Para coronar aquel triunfo nos paseamos por todas Las Villas. Tú en zancos forrados con medias de balompista, bastón gigantesco y doble sombrero de copa; yo con mi gran traje de hada con alas tejidas con estambre fosforescente, barita mágica y una aureola dorada que sostenían discretamente unos alambres colocados en mis hombros. El parque de la ciudad se convirtió de pronto en un carnaval donde nosotros éramos las estrellas. Luego de aquel magnífico show decidimos descansar en uno de los bancos. En los alrededores del parque habían instalado bocinas, y ahora, para mi consuelo, Rita Pavone cantaba *El martillo*. Me puse a escucharla mientras pensaba (otra vez pensaba lo mismo) que ya era hora de regresar a La Habana, que el dinero no nos iba a alcanzar para recorrer todo el país y que los triunfos obtenidos eran más que suficientes para demostrar (y yo quería imponer ese pensamiento) que no existía nadie que pudiese dejar de mirarnos. La Pavone terminó su canción y Charles Aznavour comenzó su *Venecia sin ti*. Y sin saber por qué, de momento, me fui poniendo un poco triste, me arreglé la aureola dorada y sin decirte nada eché a andar buscando la carretera.

Esa noche, en la avenida principal de Santa Clara, exhibí mi sombrero tipo cúpula con cintas azules y violetas. Tú ibas a mi lado con tu traje sastre verde almendra, tejido en punto de fantasía. Ricardo, esa noche, paseándonos por toda la avenida, entre la mar de aplausos, estábamos un poco serios y de vez en cuando mirábamos hacia los lados con cierto temor. Sí, Ricardo, con cierto temor (con cierto terror, quizás), porque lo más triste de todo era que yo a veces presentía (y tú más aún, bien lo sé) que el viaje lo hacíamos casi en contra de nuestra voluntad y a la vez obligados por nosotros mismos, como alguien que buscase su propia destrucción. Pero, como decírtelo, Ricardo. Cómo poderte decir que yo también, cuando estaba entre aquella muchedumbre provinciana y delirante, cuando subía las escaleras de los hoteles siempre de segunda clase (había que ahorrar hasta el último centavo), cuando cogía la guagua asfixiante o el tren infernal, cómo decirte que en todos esos momentos yo también presentía que el que nunca nos miraba estaba cerca, pisándonos los talones, y que en cualquier instante, cuando menos lo imagináramos, podría hacer su aparición, o mejor dicho: nosotros podríamos descubrirlo.

Sí, Ricardo, a veces pensaba así. Pero no hallaba palabras para explicártelo. Además, también pensaba que, de decírtelo, eso te hubiese servido de estímulo para continuar tu campaña. Sí, así pensaba. Y pensaba también que ya otras veces había pensado así. Sonó de pronto, al final de la avenida donde comenzaba el parque, una improvisada orquesta. Tocaba un viejo bolero del tiempo de la nana. Me fui recobrando al son de aquella música que casi no se oía. Y pensé, ya con alegría, que todo no era más que ideas tuyas, presentimientos, temores, que tú me habías comunicado y que yo, a toda costa, debía desechar por absurdos. En ese momento miré para ti y te descubrí fisgoneando con el rabo del ojo hacia los árboles que se enredaban en el tendido eléctrico.

El viaje a Camagüey lo hicimos en guagua. Para nuestra desgracia y furia, en mi ventanilla habían pegado un cartel que impedía ver hacia afuera y en el cual se leía: ¡A LA CAÑA! ¡A LA CAÑA!, con letras rojas y agresivas. Por suerte, para que el viaje no fuese absolutamente infernal, uno de los pasajeros llevaba un radio portátil y durante un rato oímos a Raphael. Al otro día me paseé por la calle de La Avellaneda con mi blusa de gala. Tú, a mi lado, lucías el kimono de lentejuelas. Por la tarde fuimos a un central azucarero. Los dos con regios slacks, grandes cinturones de cuero, capas negras, suecos de caucho y argollas en el cuello que nos hacían caminar muy tiesos. Por encima de todo aquello llevábamos inmensas pamelas tejidas con hojas de yarey recién cortadas. Todos nos admiraron y poco faltó para que el central parase sus extrañas maquinarias... Por la noche, como llovía, exhibimos por la ciudad las capas enceradas hechas con hilo de tenedera a siete cabos y barnizadas con esperma rosa y azul; dos bufandas, con todos los colores del arco iris, se deslizaban con gracia por nuestros cuellos y, sencillas al viento, se nos enredaban a veces en los tobillos. Al día siguiente, como el tiempo ya había mejorado, nos llegamos hasta la isla de Turiguanó y al Cayo Coco. Por la tarde llegamos a Cayo Romano donde modelamos, junto a una torre de petróleo, sendos trajes de buzo con caretas escarlatas y guantes plegables tejidos a punto medio. Regresamos, fatigados por la travesía marítima. Y tú me llevaste hasta un campo de trabajo productivo. Para contrastar con la indumentaria de aquella gente, yo lucí mi traje de noche con cola de princesa hecha a punto caballito (creación mía), guantes largos, manguito, estola y un regio bolso con incrustaciones a crochet. Tú exhibiste un pantalón a punto jersey, botas rojas, sombrero mejicano y hábitos monacales. El corte de caña se paralizó durante horas. Hasta el capataz (o el que ahora manda en el campo) que al principio nos miraba con recelo, terminó celebrando tu sombrero y hasta te brindó agua de su cantimplora. Todos nos miraron, Ricardo. Y también más adelante, en todas las salidas que hicimos por aquella provincia, obtuvimos, como en los otros sitios visitados, la admiración general.

Pero tú insistías en continuar el viaje. Y así, en contra de mis deseos, nos internamos en aquella lóbrega región que forman los mal llamados Jardines y jardinillos de la Reina. Ay, en un bote que a cada momento tocaba el fondo (por suerte muy bajo) atravesamos aquel mar histérico y estuvimos a punto de perecer de hambre o de morir ahogados, sólo para encontrar, al final de un cayo que aparecía y desaparecía en medio del mar, a tres pobres pescadores que aterrados nos vieron llegar y a los cuales habríamos fascinado aunque hubiésemos arribado en cueros, tan sólo por el hecho de aparecernos en un lugar tan remoto. Ayudados por aquellos tres pobres hombres, que no parecían tener ninguna edad de tan gastados que estaban, llegamos de nuevo a la capital de Camagüey. Recogimos nuestros divinos atuendos y proseguimos viaje rumbo a la provincia de Oriente.

En Holguín nuestro éxito fue inenarrable. En el parque Calixto García mostramos nuestra gran colección de disfraces. Las viejas, desde los bancos, nos agasajaban con gladiolos que no sé cómo consiguieron en aquella región, en aquel desierto donde no se veía ni un árbol. Luego, por la calle Libertad, también cubierta de flores en honor a nosotros, llegamos hasta La Loma de la Cruz, y emprendimos su ascenso, dejando abajo la ciudad, el clamor del pueblo y el silbido de las perseguidoras que de nuevo nos acosaban. Por suerte, logramos escapar por entre los derriscaderos de aquella loma. Llegamos, protegidos por la multitud, hasta nuestro hotel y pudimos continuar la travesía.

Para el viaje en aquel insufrible transporte intermunicipal nos pusimos los pulóveres regidos y estampados. El mío llevaba en la espalda un gran MOI azul celeste; el tuyo, un divino TOI en letras verdes jaspeadas en lila. La acogida de todos los viajeros fue estruendosa. Cuando el vehículo se detenía por unos minutos en algún pueblito, la gente se aglomeraba frente a nuestra ventanilla. Y así, a medida que avanzábamos y comprobábamos que no existía nadie que pudiera ignorarnos, yo, a pesar de la travesía, me fui sintiendo más alegre y ya cuando entramos en Cacocún (lugar cuyo nombre no sé ni cómo recuerdo) iba bailando el go-gó. Al son de aquella música que un radio portátil soltaba a nuestras espaldas (Ana María cantaba *En un coche planetario desciendo a la tierra*) caminamos por aquella aldea, obteniendo como siempre triunfos colosales.

Sólo tú, Ricardo, parecías preocupado. Estábamos ahora de pie, muy cerca del río Cauto. Tú, con tu formidable traje de obispo rojo púrpura; yo, con mi gran chaquetón de crash negro tragedia. Cerca de nosotros corría el agua amarillenta, atropellada y escandalosa. Estabas allí, Ricardo, muy cerca de mí, mirando el río enorme, y yo te sentía como ausente, como si estuvieses ahora en otro mundo. En silencio me cruzaste por delante. Te vi hacer gestos absurdos, extendiendo los brazos al agua. De pronto, pensé que querías lanzarte al torrente. Corrí a tu lado y te agarré por las grandes mangas del camisón. «Richard», te dije, «¿qué sucede?». Pero tú no me contestabas. Tiré de nuevo de la manga y repetí tu nombre. Fue entonces cuando te volviste, Ricardo, y a voz tronante me gritaste que no te dijera más Richard, que tu nombre era Ricardo. Tu grito fue tan alto que de pronto dejé de escuchar el tumulto del río. Y me entró una furia tan tremenda (nadie en mi vida se había atrevido a gritarme de ese modo) que alcé el brazo para descargar una bofetada en tu rostro. Pero cuando ya te iba a golpear miré tu cara. Tenías un aire tan triste, Ricardo, que casi no te reconocí. Bajé los brazos. Sin darme cuenta me oí hablándote en voz baja y diciéndote Ricardo, como te digo desde entonces, como te digo ahora. Te pregunté otra vez que qué te sucedía, pero siempre en voz baja. Tú me miraste con ojos casi empañados, bajaste la cabeza y te contemplaste el traje regio, ondeando al viento. Tu voz sonó muy clara cuando dijiste: «A dos kilómetros de aquí está la casa donde vivieron mis padres». Quise decirte que eso ya no importaba, que ya ellos estaban muertos (tú mismo me lo habías dicho), y que eso tampoco importaba, que todo el mundo tenía que morirse, hasta nosotros mismos. Pero callé. Me ajusté el divino chaquetón que el viento quería desprenderme y te miré de nuevo. Ya habías recuperado tu expresión de siempre. El escándalo del río volvió a oírse muy claro, como una fiesta cercana.

Luego entramos en Bayamo y atacamos al pueblo con nuestras indumentarias soberbias.

Pero te me escapabas, Ricardo. A cada momento sentía como si te fueras disolviendo en el aire. Te hablaba y casi ni me respondías. Te hacía preguntas y ni siquiera te molestabas en contestármelas. Y como si eso fuera poco, el dinero se nos fue acabando y ya nos hospedábamos en hoteles de mala muerte y comíamos cualquier inmundicia. Además, aquel paisaje de montañas, envueltas siempre en nubes y neblinas, me despertó otra

43

vez el temor. En La Palma, en Niquero, en el espantoso pueblo de Yateras, en todos esos caseríos remotos sepultados entre los cerros, te fui repitiendo que ya era suficiente con lo que habíamos recorrido, pero tú no me escuchabas. Envuelto siempre en una indumentaria, ahora cada día más despampanante, ni siquiera te molestabas en mirarme cuando yo, casi entre sollozos, te pedía de favor que regresáramos a la casa.

En una guagua rechinante y polvorienta llegamos a Santiago de Cuba. El calor era tan intolerable que a veces me faltó el aire. Creía ahogarme. Pero ni siquiera en esos momentos te fallé, Ricardo. Quizás para consolarme a mí misma exhibí en esa ciudad candente el juego de camisones chinos, los trajes de tarde y las faldas a puntos alternos. Tú no te quedabas atrás: En pleno mediodía te enganchabas el traje de gala, el gran manto y el alto sombrero tipo Rey Arturo; en otras ocasiones te mostrabas con la ceñida ropa de bailarín o con las babuchas y el gorro de payaso. Metido en el disfraz de cosmonáuta recuerdo que te paseaste todo un día por La Alameda. Y por donde quiera, el triunfo imponente. Y por donde quiera no vimos más que gente que nos contemplaba admirada, boquiabierta y aplaudiendo. Ay, Ricardo, y yo por la noche, ya en el hotel, después de un gran éxito por los muelles, te volví a repetir que ya era tiempo de regresar, que lo que faltaba no valía la pena. Pero tú, tirado en la cama, no te molestabas ni siquiera en responderme. Por aquella época —llevábamos como quince días en Santiago— ya yo estaba al borde de la locura. El calor no se aplacaba. Las cucarachas, las alimañas, la peste, todo subía hasta la ventana de nuestro cuarto miserable. Era como para quitarse la vida. Durante aquel día yo no había probado más que un huevo frito. Finalmente, aturdida por el hambre y el clima, me deshice de mi casaca holandesa y me tiré en la cama molestísima, a tu lado. Casi sin darme cuenta comencé a acariciarte. Pero tú ni siquiera te movías. Pasaba la mano por todo tu cuerpo y todo tu cuerpo permanecía inmóvil. Ni una vibración, Ricardo. Ni un latido. Ni el más mínimo sobresalto en ningún sitio... Y desde cuándo, Ricardo. Desde cuándo nos tirábamos en la cama sin siquiera mirarnos. Me puse a calcular el tiempo. Fue tanto el esfuerzo, fueron tanto los meses que tuve que contar que me faltaron los dedos, me equivoqué en el cálculo y me quedé dormida.

Al otro día partimos hacia la Sierra Maestra. Visitamos la Gran Piedra y después salimos rumbo a Guantánamo. Y otra vez el éxito, otra vez los aplausos; otra vez las mujeres que se me acercaban para pedirme detalles sobre mis maravillosos tejidos.

Otra vez los hombres y los muchachos rodeándote, brindándote cigarros, diciéndote mil sandeces y halagos que tú ya ni parecías escuchar. Porque estabas como adormecido, Ricardo; porque caminabas ya como un fantasma y pasabas noches enteras sin dormir. Yo, que a cada momento despertaba sobresaltada, te oía, agitándote a mi lado; veía tu cigarro oscilando en la oscuridad del cuarto lleno de cucarachas, atestado de maletas, y hasta me dabas pena, Ricardo. Y hasta quería consolarte. Pero ni siquiera me decidía a pasarte la mano por el cuerpo. Bien sabía ya que todo era inútil.

«Lo que hay que hacer es terminar ahora mismo con este viaje ridículo, te dije cuando fletaste, con los últimos pesos que nos quedaban, el avión para llegar a Baracoa. «No podemos seguir así», continué diciéndote. «Nos estamos muriendo de hambre. No vamos a poder regresar. Yo creo que si seguimos andando terminaremos volviéndonos locos», te dije ya a gritos. Y tú, tan terco, pagaste el flete del avión, ayudaste a conducir la larga caravana de maletas, y, sin mirarme, ofreciste el brazo para que me apoyara al subir la escalerilla... Qué cómo te las arreglastes para, en estos tiempos, conseguir que te alquilaran aquel artefacto (que a cada momento amenazaba con lanzarse de cabeza contra una montaña) es cosa que nunca pude averiguar.

A pesar de todo, aterrizamos en Baracoa. En aquella desolada región no se oía más que el chirrido de las alimañas del monte y el constante caer del agua que mientras cruzábamos la enfangada explanada del aeropuerto destiñó por completo nuestras caperuzas enceradas. Totalmente enrojecidos por el tinte que escurrían nuestros tristes atuendos tomamos una máquina de alquiler destartalada y saltamos, en medio del torrente, al único hotel de aquella remota aldea. Tú inmediatamente empezaste a cargar las maletas. Yo, aterrada en el portal que parecía a punto de derrumbarse bajo el aguacero, rogaba para que no fueses a coger una pulmonía.

Pero la cogiste, Ricardo. Tirado en la cama hervías en fiebres. Saltabas como si alguien te estuviera pinchando la espalda. A veces gritabas o decías nombres extrañísimos que yo no pude descifrar. Por fin, te fuiste recuperando —por suerte yo había cargado con miles de aspirinas. Y una tarde salimos a exhibirnos por las calles casi desiertas de aquel esconderijo. Había dejado de llover, pero los árboles, escurriéndose, lanzaban sobre nuestros atuendos goterones terribles que taladraban el tejido. Los vecinos guarecidos en sus casas, se paraban en las puertas y nos miraban con asombro, los muchachos, y después las mujeres, fueron los primeros en salir a la calle y alabarnos. Luego todo el pueblo, como en una gran comparsa, nos siguió de cerca entre comentarios, aplausos y chiflidos. Nadie quedó sin mirarnos, Ricardo, estoy segura de eso, pero tu quisiste continuar la travesía y comenzamos a visitar los parajes más remotos. Hasta en las grutas prehistóricas donde nunca había penetrado nadie, entramos nosotros con nuestros regios blusones, nuestros sombreros de copa, nuestros trajes de noche, nuestras bufandas fabulosas y nuestros guantes estilo Príncipe de Gales... Al cabo de una semana de estar haciendo esos recorridos insufribles, regresamos al pueblo. Había escampado totalmente, y las montañas, siempre apretujadas, siempre alzándose como inmensos conos de rafia verdusca, parecían flotar en una niebla que impedía verles el fin. Bañada por aquel sol que no calentaba contemplé mi regio canesú, vi mi falda divina con entredos, nudos franceses y lazos azules; vi toda mi indumentaria agitándose al viento. Y me fue cayendo un alivio muy grande, una inmensa alegría. Al fin, pensé, hemos terminado el viaje. Ahora comenzaremos de nuevo a exhibirnos en el sitio que nos corresponde. Todo no ha sido más que un capricho, un miedo absurdo. Volveríamos triunfantes a La Habana... Y tomando una de tus manos enguantadas te pregunté cuándo regresábamos. «Pronto», dijiste tú entonces y miraste hacia los últimos cerros. «Ya sólo nos queda por visitar el Faro de Maisí.»

Grité. Chillé. Golpeé con mis altos botines el barro rojizo. Te golpeé la espalda con los puños enguantados. Te dije que era absurdo visitar un lugar habitado solamente por las jutías. Que no teníamos dinero, que ya no nos quedaba resistencia, que estabas demasiado atacante y raro en las últimas semanas, que ya esto era el colmo, que si te habías vuelto loco, por último, tirando los guantes, te arañé el rostro y te desgarré el camisón monacal; estallé en sollozos... Sí, grité, chillé. Pero todo fue inútil, Ricardo. Tú te saliste con las tuyas.

La jarcia de mulas cada una con dos maletas en el lomo, iba delante sonando sus cencerros. Detrás iba el mulero («el arriero», dijiste tú), peleando con las lentas bestias que a cada momento parecían que iban a precipitarse por algún derriscadero. Ni siquiera el escabroso Paso de las Angustias, en la Sierra Maestra, me había resultado tan terrible como estos vericuetos por donde cruzábamos, bordeando las montañas. Unos pájaros espantosos revoloteaban sobre aquella vegetación raquítica, soltando unos chillidos que me erizaban la piel. Mis botas de charol del bueno se hundían en aquel fango y a cada momento temía rodar por el vacío. Me agarraba a las pocas ramas de las plantas espinosas, a tus hombros, haciéndote tambalear. Algunas veces, con los pies desgarrados y tropezando a cada momento, sentía deseos de tirarme en el fango y no dar ni un paso más, Pero continuamos. Tú, junto al mulero y contemplando aquellas lomas que se perdían en el cielo. Yo, temblando al pensar que de desprenderse alguna roca toda nuestra indumentaria, y hasta nosotros mismos, iríamos a parar a las furnias. Así, seguimos escalando aquellas lomas interminables. Algunas veces hasta las mismas mulas se resistían, se echaban al suelo y soltaban unos largos bramidos que me aterrorizaban. Llegaba entonces el mulero, les hacía no sé qué artimañas debajo de la cola y la sufrida bestia se paraba emitiendo otros bramidos espeluznantes. Así continuamos. A medio trayecto comenzó a caer otra vez una lluvia fina como si, efectivamente, todos los cerros estuviesen lagrimeando. Empezó a relampaguear. Al momento, la lluvia aumentó y aquella región oscura se entenebreció aún más. Andábamos a ciegas, al borde del precipicio, orientándonos con las manos bajo el torrente que se nos venía encima como si todo se estuviese resolviendo en agua. Yo clamaba en medio de aquella lluvia que impedía verme. Se oyó un estruendo interminable, un bramido de muerte. Una de las mulas, en medio de un relámpago, resbaló por la pendiente y pataleando con las maletas en el lomo se perdió en el abismo. Qué horror, Ricardo. Y volví a gritar. Temía constantemente por mi vida: Estaba a punto de morir ahogada o de precipitarme enceguecida por uno de aquellos farallones. Apareciste, protegiéndote la cara con una mano. Me tomaste por la cintura y me llevaste hasta un páramo con rocas inmensas donde el agua no caía directamente.

Al fin, escampó. Se oyó el escándalo de todas las alimañas, únicos habitantes del lugar, y los rezongos del mulero que lloraba la pérdida de su animal. Yo estaba más que furiosa. El fango me llegaba a las orejas. Y ni siquiera podía averiguar cual era el ajuar perdido. Aunque había escampado, flotaba en el aire como una neblina (quizás eran nubes muy bajas) que nos envolvía y casi impedía vernos la punta de las manos. Así, dando tumbos, tropecé con una de aquellas bestias infernales que me lanzó una coz terrible. El golpe me dio en el pecho, me faltó el aliento. Creí perder la vida. Pero seguimos andando por aquella región de muerte. Descendimos por pendientes que sólo de mirarlas me hacían vomitar y llegamos a las orillas del río Toa (tú fuiste quien me dijiste su nombre, Ricardo). El río, enfurecido, espumajeaba, arrasando con todo lo que encontrara a su paso. Las mulas se resistían a entrar en aquellas aguas revueltas. El mulero, exaltado, las golpeó lanzando improperios. La primera mula entró en el agua y desapareció al instante. Otras dos, cargadas de tejidos exquisitos, se nos iban ya arrastradas por la corriente, bramando en la espuma. Ya era el colmo, Ricardo. Te dije que no iba a dar un paso más, que de seguir íbamos a llegar desnudos al Faro de Maisí. Pero tú, empecinado, te encaramaste en una mula y cruzaste el río. Los demás animales te siguieron. Luego el mulero me levantó en vilo (yo chillando, yo pensando que ese era el fin) y me cruzó a nado. Sobre las piedras, en la otra orilla, nos escurrimos un poco. Ni siquiera nos cambiamos de ropa. Además todo estaba empapado.

Al oscurecer arribamos a aquella región desértica donde terminaría nuestro viaje. Subimos la última pendiente y contemplamos el panorama. Qué espectáculo más deprimente, Ricardo. Una explanada cubierta de piedras y arenas húmedas, rodeada de rocas y tunas rígidas que parecían espectros. Más allá, grandes pozos de cemento (tú me dijiste que eran tostaderos de café) semejante a los cráteres de la luna, convertían el paisaje en algo totalmente irreal. Y como si eso fuera poco, el faro, bamboleándose entre las olas, descargaba su haz de luz sobre un costado del horizonte, ennegreciendo o iluminando las nubes. Y después, a un extremo del mar un distante chisporroteo como de cocuyos que se ahogaran. Te pregunté qué era aquello. Tú me contestaste que eran las luces de Haití. «¡Dios!», dije, «si estamos en el fin del mundo».

Y así parecía, Ricardo. Aquellas tunas, aquel arenal, aquel pueblo de cuatro casas de tablas chirriantes, y, por encima de todo, el escándalo del mar, como un golpe lejano, me daban sensación de que estábamos sumergidos y de que no volveríamos a salir a flote.

El mulero nos condujo, con toda la caravana de animales sobrevivientes, por entre casas destartaladas hasta un despreciable bohío (allí, desde luego, no había hoteles) donde nos recibieron entre aterrorizados y deslumbrados. Pobre gente, al principio nos confundieron con unos turistas húngaros. Y nos dieron albergue. Esa noche nos encerramos en un cuarto de madera que a cada momento se estremecía y parecía venirse abajo. Pero yo, más calmada, empecé a revisar los tejidos, a sacarlos al aire, a hacer un recuento de la ropa que nos quedaba. A cada rato, tú te asomabas por entre las rendijas que dejaban las tablas, como si aguardases la llegada de algún visitante. Pero nadie llegó, Ricardo. Y yo me fui sintiendo cada vez más tranquila. Para no escuchar el constante batir del mar me envolví la cabeza en la gran estola tejida en el grueso punto de cadeneta. Y me tiré en un camastro rechinante. Había tantas cosas en que pensar. Los últimos pesos se los habíamos entregado al mulero. Y estábamos en un paraje remoto... Pero poco a poco me fui quedando dormida.

Bien temprano me hiciste levantar. «Vamos al faro», dijiste. Yo ni siquiera protesté, y los dos echamos a andar. Por suerte, el tiempo se había serenado. Los cactus habían perdido su negrura temible y ahora relucían como candelabros exóticos. Los tostaderos de café, allá abajo, semejaban piscinas muy quietas. Y el mar, casi inmóvil, ni siquiera subía los escollos del faro. Haití había desaparecido en la claridad.

Llegamos. La mujer del farero, con sus tres hijos sujetos a sus faldas, salió a recibirnos entusiasmada, cosa que no dejó de sorprenderme. Muy oronda me condujo hasta el interior de la casa, donde estaba el marido. Los dos nos trataron como a príncipes. En ningún momento nos preguntaron quiénes éramos, ni qué queríamos. Yo, desconcertada, trataba de imaginar con quienes nos habrían confundido. Nos brindaron café y nos invitaron a que nos quedáramos a almorzar. Aceptamos, displicentes. Tú comenzaste a hablar con el hombre. Te dijo que aquella región era muy sola —quién lo ignoraba—, pero que ese día, como se conmemoraba el desembarco de Maceo por Duaba, sitio cercano al faro, habría una fiesta por la noche, allí mismo —y ahora te señalaba para la explanada donde se levantaba el faro. Luego te dijo también, como disculpándose, que él no podría asistir porque tendría que atender las grandes bujías de la torre. Ricardo, yo te observaba, mientras la mujer, siempre tan amable, le daba unos pespuntes a un descosido de mi exquisita indumentaria. Estabas tan atento. Tal parecía como si aquel hombre de barba espinosa te estuviese revelando un secreto inconcebible. Almorzamos y tú, inmediatamente, quisiste regresar al albergue.

En cuanto llegamos, transladaste todas las maletas (yo tuve que ayudarte) hasta las rocas del faro donde se celebraría el acto. Luego, ya casi de tarde comenzamos a vestirnos en la misma casa del farero. Oscureciendo salimos a la explanada.

Por un costado de las rocas venían desfilando los campesinos con sus machetes bajo las camisas, como una costilla que les sobresaliese. Avanzaban por aquel paisaje de serpientes cantando el himno invasor y parecían muy alegres. Llegaron hasta la explanada del faro y se sentaron a las mesas que ya se habían instalado. Alguien colocó antorchas en las cuatro esquinas. Todo estaba preparado para la fiesta. La gente del poblado también estaba presente. Uno de los campesinos más viejos se encaramó en un cajón y comenzó el discurso. Ya era noche cerrada. La luz del faro, alzándose desde el mar, cruzaba a veces por la explanada, rápida, deslumbrándonos. El hombre seguía hablando. Cuando mencionó la palabra *Cacarajícara* yo no pude aguantar la risa. Por fin terminó. Todos aplaudieron y comenzó la fiesta.

Un conjunto arcaico, que traía guitarras, instrumentos del tiempo de Maricastañas y hasta una extraña mandolina, comenzó a tocar un guateque desde luego infernal. Era nuestro momento: Cogidos de la mano avanzamos por el salón de roca, exhibiendo nuestras sagradas indumentarias. Aunque yo, pensando que aquel acto no tenía mayor importancia, lucía solamente los suecos con puntera tejida, las medias de malla a punto crochet, falda con cola de abanico y entredós, un bolero pespunteado bajo una pequeña capa escarlata y guantes a punto ilusión... Pero tú llevabas los relucientes pantalones de vaquero, la gigantesca camisa en fondo negro con rayas azules, chaqueta de montar, boina calada, sobrecasaca centelleante, sombrero de jipijapa y un látigo de marfil. Desde el primer momento —ahora lo comprendo— quisiste opacarme, Ricardo. Pero el éxito era igual para los dos. Caminamos por la gran explanada deslizándonos por entre las mesas y las grandes tinajas llenas de limonada, y todos nos miraban extasiados. Dimos una vuelta en redondo. Estallaron los aplausos. Totalmente satisfecha (al fin, pensé, ha concluido esta travesía infernal) volví de nuevo a nuestro sitio entre una fabulosa ovación que apagó las guitarras. Entonces, ay, Ricardo, la luz del faro osciló sobre el mar, se alzó recta perdiéndose en el cielo, y cayó de golpe en un costado de la explanada. Quedé privada. Allí estaba el muchacho sentado tras una mesa, la camisa desabotonada, mirándose las manos. ¡Mirándose las manos, Ricardo! Ignorándonos. Di un salto. Me proyecté hasta el centro del salón y volví a exhibir mi vestimenta. Ya tú también, en el mismo centro de la explanada, modelabas con pasos marciales, te ponías y quitabas la boina y de vez en cuando alzabas una mano. Sin dejar de exhibirme, volví a fijarme en el muchacho de la camisa abierta. Lo vi ahora con la mirada fija y lejana, observando el mar. Mi terror fue imponente. Creí que en ese momento iba a caer fulminada por un rayo de muerte. Pero no podía perder tiempo. Corrí hasta las maletas y me enganché la túnica griega. Ya tú estabas de nuevo en la explanada exhibiendo el kimono de lentejuelas. Di dos vueltas, volví hasta las maletas y me tiré el manto de guinga con lazos y volantas. Ya tú exhibías el kepis de general. Como un relámpago me coloqué el traje de mostacillas azules con tachones a punto bajo. Ya tú mostrabas el disfraz de obispo. Enloquecida, entre un trueno de aplausos que ya no me importaban, abrí de un golpe otra maleta y me atavié con el traje de gala en punto de fantasía. Tú mostrabas el gran suéter tipo inglés semejante al astracán. Aterrada (ahora el trueno de aplausos era ensordecedor) volví a mirar para el muchacho y lo vi firme y distante, obserbando ahora el promontorio de las rocas que ya las olas comenzaban a salpicar. Acudí a las maletas y exhibí el largo traje de tarde rojo bermellón en línea semirrecta. Tú te enganchabas ya el kaftán gigantesco. Corrí y me encasqueté el gran almaizal. Tú te erguías sobre los grandes zancos portando la casulla y el gorro de payaso. Inmediatamente me disfracé de dominó. Tú ya te ponías el amplio ropón de terciopelo carmesí. Rápida me enfundé en el cobertor americano hecho a nudos franceses, salté otra vez al salón y me volví hacia el muchacho. Ahora parecía mirar detenidamente a toda la gente de la fiesta que seguía aplaudiendo. A todos, Ricardo, menos a nosotros. Temblando abrí la quinta maleta y saqué la colección de sombrillas malvas. Tú mostrabas los suecos de caucho y la peluca plomiza. Sin perder tiempo saqué entonces el fabuloso traje de amazona. Tú metías ya la cabeza en el pulover estampado. Mostré mi tricota a cadenetas. Tú te paseaste con la capa pluvial y el sombrero mejicano. Desplegando la colección de trajes de baño volví a mirar para el muchacho que ahora parecía como cansado y no miraba a parte alguna. Inmeditamente me coloqué el chambergo de fieltro y el salto de cama azul prusia. Tú, saliste en short, botas, guayabera y abrigo mapache. Yo exhibí mi disfraz de jardinera. El público seguía delirando. Nosotros estábamos fatigadísimos. Ricardo. Pero no podíamos darnos por derrotados. Yo saqué el gran traje imperial a punto negro ilusión, la corona y el manguito. Tú, los pantalones de pana y la capa de supermán. Yo, la casaca holandesa. Tú, el traje de faraón. Yo, la cartera a punto calado y el paraguas de seda fría. Tú, el camisón monacal. Yo la bata corintia. Tú, la capa gris topo y el sombrero con plumas de avestruz. Yo, el chaquetón con cantos ribeteados. Tú, el gran disfraz de almirante. Yo, la redencilla de cristal. Tú el pulóver con la palabra MOI. Yo la minifalda a punto canutillo. Tú, el pantalón de batahola. Yo, el traje de hada y el bolso de fuelles dorados. Tú la levita Príncipe Alberto. Yo, el abanico de pavorreal. Tú el tricornio de lana verde lima. Yo, el echarpe de georgette con franjas negras. Tú, la mitra papal con ínfulas de oro. Yo, las hopalandas y el cíngulo rojo sangre. Tú, el disfraz de cosmonauta... Y seguíamos haciendo nuestro despliegue entre los aplausos y el torbellino luminoso del faro que subía y bajaba, hacía resplandecer la explanada y caía a veces

51

sobre el muchacho que permanecía indiferente. Por último sacamos hasta los viejos trapos que ya no nos poníamos, pintados con colorantes Dalia y Violenta Genciana. Y desfilamos con aquellos andrajos. Pero fue inútil, Ricardo. Todos nos aplaudieron. Todos menos el que ahora parecía mirarse otra vez la punta de las manos. Bañado por la luz que te cayó de golpe, te vi dando saltos, casi desnudo, exhibiendo un suspensorio hecho a punto rasante. No me di por derrotada. Al momento me despojé de todos mis atuendos, y salí a la luz llevando solamente un blumer de organdí repujado con tachuelas. Te vi correr y envolverte en la frazada hecha a punto de Santa Clara. Y empezaste a hacer pirués sobre las rocas. Saltaste, caíste al suelo, te incorporaste, alzaste los brazos; tiraste la gran frazada. Bailaste en un solo pie y te golpeaste el pecho. Habías roto el pacto, Ricardo. El pacto tácitamente acordado desde el día en que mamá nos hizo ver las cosas como eran: *sólo nos destacaríamos por nuestros\ trapos...* Pero yo, en aquel momento, no podía ponerme a meditar sobre esas cosas. No podía, quedarme atrás. Envuelta en una gran capa de lamé con cucardas rosadas, comencé a bailar una danza escocesa. Tú ya marcabas un casino internacional. Yo, con el corazón en la boca di diecisiete jetés. Tú bailabas un paso doble. Yo improvisé un zapateo. Tú bailaste el go-gó. Yo inventé en ese mismo momento una danza exótica. Tú escandalizaste marcando el ritmo de una conga. Yo bailé una zamba. Tú comenzaste una danza ucraniana. Yo dancé como una geisha. Tú, como un príncipe egipcio. Yo, como una bailarina clásica. Tú, como un solista del Bolshoi. Yo, como una bruja de Finlandia. Tú, como el pájaro de fuego... Finalmente, comprendiendo que todos los bailes eran inútiles, salté hasta donde estaban los músicos y comencé a tocar la extraña mandolina. En ese momento, tú corrías por la explanada con una tinaja en la cabeza. Entonces yo, asfixiándome, fui hasta la mesa donde estaba el muchacho con la vista muy baja, tiré la gran capa y envuelta solamente en el taparrabo lumínico golpeé con el puño cerrado la superficie de la mesa. Alcé la voz, gesticulé, me desprendí del taparrabo, dije palabras asquerosas. Chillé y me desgarré la cara. Momentos antes de caer rendida te vi a ti, como en una pesadilla interminable, sentándote extenuado a un costado de la explanada. Los dos estábamos vencidos. El cansancio era tal que ni siquiera podíamos levantarnos. La derrota era total, Ricardo. Pero entonces, cuando ya iba perdiendo mi poco resuello, vi al muchacho levantarse del asiento. Y un estremecimiento de alegría me sacudió de pronto. «Ahora me mirará», dije. Y hasta intenté ordenarme el pelo... Vi al muchacho ponerse de pie, echar a andar con pasos viriles, atravesar todo el salón y dirigirse hasta el extremo donde tú estabas desfallecido. Lo vi llegar hasta ti, y mirarte. Lo vi extender una mano y ayudarte a incorporar. Y ahora vi a las dos serpientes caminando por sobre el promontorio de las rocas. «Qué trine Eva», «Qué trine Eva», cantaban con voces increíblemente claras mientras se perdían por entre los derriscaderos y las tunas, rumbo al mar. Y en ese momento comprendí que siempre me habías mentido, Ricardo. Siempre, desde la primera vez que me hablaste. Sí, porque cuando el muchacho, envuelto en no sé qué resplandor, se puso de pie y decidió mirarte, comprendí que no era yo precisamente quien tenía los ojos más hermosos del mundo... Intenté ponerme de pie y no pude. Intenté hablar y me falló la voz. Intenté llorar y ni siquiera me salieron los sollozos. Por un momento, la luz del faro cayó de golpe sobre mí. Lo vi todo blanco como si estuviésemos en pleno mediodía. En ese instante perdí el conocimiento.

Por la mañana, al despertar, me sentía como si hubiese aterrizado en otro mundo. La mujer del farero trataba de consolarme, yo ni siquiera la miraba. Tirada sobre la cama oía al viento restallar en el techo y en las paredes de tabla, y, como dentro de una gran neblina, veía a los niños que entraban y salían del cuarto. Durante unos días creo que estuve al borde de la tumba. Y todo por tu culpa, Ricardo. Pero me fui recobrando. Por fin, al cabo de unas semanas, pude dejar aquel sitio horrible. Salí sobre una mula resabiosa que me prestó el farero. Él iba delante con otra bestia que tiraba de un carretón donde iban mis maletas. Antes de marcharme, yo le había preguntado a su mujer, con un tono que trató de ser lo más indiferente posible, si conocía al muchacho con el que tú te marchaste. Me dijo que sí, que era un pescador de por allí cerca y que lo había visto algunas veces. También me dijo que no me preocupara, que seguramente ustedes andaban de pesca y que en cuanto regresaran, ella le ayudaría a salir de aquel sitio, como ahora lo hacía conmigo. Pero sus palabras me sonaron falsas. Noté que ella hablaba sin mirarme a la cara. No le pregunté nada más. Creo que hasta olvidé despedirme. Haciendo un esfuerzo me encaramé sobre el odioso animal que al momento soltó un respingo y poco faltó para que no me lanzase de cabeza al suelo. Luego, ya más calmado, siguió andando. Cuando le dábamos la vuelta al pueblo y empezábamos a escalar las montañas miré para atrás. Vi al faro, reluciendo bajo el sol, alzándose junto a un mar transparente y tranquilo. Volví a golpear la mula y seguí andando.

Y comenzó la travesía de regreso. El viaje a La Habana. Sin

ti, Ricardo. Con el poco dinero que me prestó aquella gente remota. Ya cuando llegué a Camagüey no llevaba ni un centavo. Entonces empecé a vender nuestras divinas indumentarias. Ricardo, la gente hizo colas increíbles para comprar nuestros trajes. A La Habana llegué en avión, con el pulóver a punto enano donde venía la palabra MOI y la falda de retazos violetas. Lo vendí todo, Ricardo. Tan sólo con la ropa que llevaba puesta y el bolso del dinero entré en la casa. Me parecía que había regresado de otro mundo. Hasta la casa se veía distinta, más grande, más insoportable. Por suerte aún quedaba el radio. Lo prendí. Roberto Jordán comenzó a cantar *La chica de los ojos color café*. El estruendo de la música me fue alegrando. Empecé a tararearla. Y cuando Los Meme cantaron *Reproche* ya yo estaba completamente alegre. Tomé la cartera llena de dinero y salí de tiendas.

Compré toda nuestra cuota de hilo acumulada durante la ausencia. Y empecé a tejer, Ricardo, sin asomarme al balcón, sin contestar el teléfono, pensando en ti, llorando a veces. Sí, llorando a veces, olvidándome del radio, casi sin comer, seguí tejiendo este regio traje, este formidable traje a punto crochet y a cuatro agujas. Este fabuloso traje negro que ya, al incrustar los nudos franceses en la última cenefa, le doy el remate final. Saldré a la calle cerrada de negro con esta indumentaria inmortal. Como una gran viuda me exhibiré ahora por todos los sitios. Sí, como una gran viuda. Porque si de algo estoy segura, Ricardo, es de que la mujer del farero se equivocó, o no me dijo la verdad, pues tú no has de aparecer jamás.

La Habana, 1971.

11
SEGUNDO VIAJE

MONA

Estoy plenamente consciente de que al no ser un hombre...

LEONARDO DA VINCI

(Cuadernos de notas)

PRESENTACIÓN DE DANIEL SAKUNTALA

En octubre de 1986 la prensa de casi todo el mundo divulgó una extraña noticia. Un cubano llamado Ramón Fernández, de veintisiete años de edad, llegado a los Estados Unidos por el puente marítimo de El Mariel, había sido detenido en el Museo Metropolitano de Nueva York en el momento en que «intentaba acuchillar» (sic) el famoso cuadro la Gioconda de Leonardo da Vinci, valorado en unos cien millones de dólares. Aquí muchos periódicos ofrecían una información rudimentaria sobre el pintor y su obra y luego continuaban diciendo que se suponía que el señor Fernández fuera uno de los tantos enfermos mentales expulsados de Cuba en 1980. Por cortesía del Museo del Louvre, el famoso cuadro seguiría exhibiéndose en Nueva York hasta el quince de noviembre de 1986. Así, terminaba la información de los periodistas, quienes, tal vez por razones diplomáticas o por ignorancia, omitían el dato de que el Gobierno francés del señor Mitterand se embolsaría cinco millones de dólares por la «cortesía» de haber permitido que la Monalisa cruzase el Atlántico. Es interesante notar el hincapié que hizo la prensa —especialmente la norteamericana— en resaltar que el supuesto enfermo mental era un marielito. También resulta insólito que todas las publicaciones hablaran de «un intento de acuchillamiento» del cuadro, cuando, según todos los documentos y la propia confesión del acusado, el arma que éste portaba era un martillo... Unos días después, el 17 de octubre, *The New York Times*, en una de sus páginas más remotas, dio a conocer la insólita muerte de Ramón Fernández en la prisión: «*Esta mañana el joven cubano que intentara destruir la obra maestra de Leonardo da Vinci apareció estrangulado en su celda donde esperaba para comparecer ante los tribunales. Lo raro del hecho* —seguía comentando el periódico— *es que no se ha encontrado ningún objeto que pudiera servir de vehículo para*

61

el suicidio. Conociendo el estado mental de detenido no se le había autorizado llevar nada que pudiera facilitarle la muerte. Ni un cinto, ni cordones de zapatos portaba el recluso quien al parecer se ha ahorcado con sus propias manos. Tampoco persona ajena al servicio de la prisión visitó al señor Fernández el cual, según las declaraciones del jefe del recinto, había pasado los seis días de encarcelamiento en un estado de total excitación nerviosa y escribiendo lo que al parecer era una larga carta que expidió a uno de sus amigos cubanos en el destierro. El jefe de la prisión dijo que, como se trataba de un caso especial, había tenido la precaución de leer dicho documento (que le fue entregado por uno de los policías que se había hecho pasar por amigo del señor Fernández), y que el mismo demostraba el alto grado de enajenación mental que padecía el recluso. Luego de haber fotocopiado la carta ordenó enviarla a su destinatario ya que la misma nada (sic) aportaba a los acontecimientos»... Dos días después sólo algunos periódicos (ahora lo que estaba en primera plana era el suicidio de la madre Teresa) difundieron la información de que el cadáver de Ramón Fernández había desaparecido misteriosamente del necrocomio donde esperaba de nuevo por la visita del médico forense y del fiscal. Aquí terminan las noticias más o menos serias sobre este caso; noticias que comenzaron con un equívoco (el pretendido acuchillamiento a la Monalisa) y terminaron de la misma manera (el supuesto suicidio del recluso). Tal vez, con esa típica sabiduría que es característica de la ignorancia, la prensa amarilla intuyó que detrás de todo eso se escondía un crimen pasional... Demás está decir que una nube de revistas y periodicuchos newyoerquinos —llamados liberales porque están dispuestos a defender cualquier imperio enemigo del norteamericano—, encabezados por el *Village Voice*, dieron a conocer los hechos de otro modo: Ramón Fernández era un terrorista cubano y anticastrista quien, en manifiesta oposición al gobierno socialista de Francia, había intentado destruir la obra de arte más famosa que posee ese país... Como si eso fuera poco para garantizarnos el sello de trogloditas, un libelo que se edita en español en Nueva Jersey y que patrocina un cubano delirante (el señor Luis P. Suardíaz) lanzó una editorial exaltando la «labor patriótica» de Fernández, quien, con esa «acción» no había hecho más que llamar la atención del gobierno francés sobre el caso de Ricardo Bofill, cubano asilado entonces en la Embajada de Francia en La Habana y a quien Castro le había negado incesantemente la salida del país.

Tres meses han pasado ya de la misteriosa muerte de Ramón

Fernández. La Gioconda ha vuelto a su sitio de siempre en El Louvre. El caso parece cerrado.

Pero hay alguien que no se resigna a que este caso se cierre tan súbitamente, luego de haber tenido el «honor» de ilustrar dos veces las páginas de *The New York Times* y de tantos otros periódicos. Esa persona soy yo, Daniel Sakuntala, el receptor del testimonio redactado por Ramón Fernández, que desde luego si la policía me lo hizo llegar (una semana después de la muerte de Ramón) fue con la intención de averiguar si yo tenía alguna relación turbia y comprometedora con el supuesto «criminal suicida» y descubrirla observando mis reacciones y siguiéndome los pasos, como estoy seguro que lo hizo.

En cuanto recibí el manuscrito de mi amigo Ramoncito, a quien conocía desde Cuba, intenté publicarlo en alguna revista o periódico respetables, pero todos los editores coincidieron, al igual que un vulgar policía, en que este testimonio, o informe, era la obra de una persona alucinada o demente que pondría en ridículo al que lo publicase. Viendo que ningún vehículo importante quería dar a conocer el texto me dirigí, casi como última instancia, a Reinaldo Arenas para ver si podía insertarlo en la revista *Mariel*. Pero Arenas, con su proverbial frivolidad,[1] a pesar de estar ya gravemente enfermo del SIDA, de lo que acaba de morir, se rió de mi propósito, alegando que *Mariel* era una revista contemporánea y que este tipo de «relato a la manera decimonónica» no cabía en sus páginas. El insulto máximo me lo propinó cuando me sugirió dirigirme a la directora de *Linden Lane Magazine*, Carilda Oliver Labra... Claro, estoy seguro de que Arenas conoció a Ramoncito en Cuba y que éste, a quien sólo le apasionaban las mujeres de verdad, no le hizo el menor caso. Pero esa es otra historia, como la de la bofetada en plena guagua que allá en La Habana le propinara mi amigo, mi hermano, Ramoncito, a Delfín Prats por habérsele lanzado repentinamente a la portañuela... No, ningún órgano respetable quiso publicar el testimonio desesperado de mi amigo. Testimonio que de haberse tomado en serio tal vez le hubiese salvado la vida a Ramoncito, como espero que se la salve a muchos jóvenes tan apuestos como él.

---

1. Además de frívolo, Arenas era un ser absolutamente inculto. Baste señalar que en su relato, *Final de un cuento*, sitúa una estatua de Júpiter sobre La Lonja del Comercio de La Habana, cuando todo el mundo sabe que lo que corona la cúpula de ese edificio es una estatua del dios Mercurio. (Nota de Daniel Sakuntala.)

De modo que me doy yo mismo a la tarea de publicar a mis costas este documento y difundirlo por todos los medios a mi alcance. Aquí está el texto al que sólo le he intercalado algunas notas aclaratorias. Ojalá algún día alguien lo tome en serio.

Fdo. DANIEL SAKUNTALA.

NOTA DE LOS EDITORES

Antes de seguir adelante con la publicación del testimonio de Ramón Fernández, consideramos pertinentes algunas aclaraciones. Daniel Sakuntala nunca logró publicar en vida este documento a pesar de sus tenaces esfuerzos. Al parecer, a última hora, sus posibilidades económicas no lo secundaron. Tenemos copia de una carta de la editorial Playor donde pedían dos mil dólares como adelanto por la «impresión del folleto». El tcxto se publicó finalmente hace ya más de veinticinco años, exactamente en noviembre de 1999 en Nueva Jersey, luego de la misteriosa desaparición (pues nunca se encontró el cadáver) del señor Sakuntala cerca del lago Ontario. Sus impresores fueron los entonces directores de la revista *Unveiling Cuba*, los señores Ismaele Lorenzo y Vicente Echurre, por cierto que recientemente desaparecidos junto con casi todos los ejemplares del libro. (Rumores no confirmados dicen que estos ancianos regresaron a Cuba, luego de la toma de La Habana por la isla de Jamaica con la ayuda de otras islas del Caribe y, desde luego, de Inglaterra.) En cuanto a Reinaldo Arenas, mencionado por el señor Sakuntala, se trata de un escritor justamente olvidado que se dio a conocer en la década del sesenta durante el pasado siglo. Efectivamente, murió del SIDA en el verano de 1987 en Nueva York.

Dado el número de erratas de la primera edición de estos documentos y la casi total desaparición de la misma, nos enorgullece afirmar que consideramos ésta como la verdadera edición príncipe de aquellos textos. Por lo mismo hemos respetado la ortografía y las expresiones de Ramón Fernández, así como las notas de Daniel Sakuntala y de los señores Lorenzo y Echurre aún cuando, a estas alturas, puedan parecer (o sean) anacrónicas o innecesarias.

Los editores.
Monterrey, CA. Mayo del 2025.

TEXTO DE RAMÓN FERNÁNDEZ

Escribo este informe a toda velocidad y aún así no se si podré terminarlo. Ella sabe donde estoy y de un momento a otro vendrá a aniquilarme. Pero, digo *ella*, y tal vez deba decir *él;* aunque tampoco sea esa, quizás, la mejor manera de llamar a *esa cosa*. Ya veo que desde el comienzo ella (¿o él?) me enreda, me confunde y hasta trata de impedir que yo escriba este alegado, pero debo hacerlo; debo hacerlo, y de la forma más clara posible. Si lo termino, si alguien lo lee, si alguna persona cree en él, tal vez aún pueda salvarme. Porque los jefes de esta prisión no van a hacer nada por mí; eso lo sé muy bien. Cuando les dije que lo que quería era que no me dejaran solo, que me encerraran bien y que me vigilaran día y noche, soltaron la carcajada. Usted no es tan importante como se cree como para dedicarle una vigilancia especial —me dijeron—. No se preocupe que de todos modos de aquí no va a poder salir. —No es que quiera salir —les dije—. Lo que me preocupa es que alguien pueda entrar... —¿Entrar? Aquí nadie entra por su propia voluntad, señor, y estese tranquilo sino quiere que lo mandemos a dormir ahora mismo. Yo iba a insistir, pero antes de volver a abrir la boca vi en la mirada de uno de los oficiales el gesto de burla y de superioridad con los que un ser libre mira a un loco además encarcelado. Y comprendí que no me iban a escuchar.

Así que lo único que puedo hacer es escribir; contar como fueron los hechos; redactarlo todo rápido y ordenadamente, lo más ordenadamente que mi situación lo permita, para ver si al fin alguien me quiere creer y me salvo, aunque es muy difícil.

Desde que llegué a Nueva York —ya de eso hace más de seis años— he trabajado como *security* en el Wendy's que está en Broadway entre la 42 y 43 calles. Como ese establecimiento abre las 24 horas y mi turno era por la noche, mi trabajo ha sido siempre muy animado y he tratado a muy diversos tipos de personas. Allí, sin desatender mis responsabilidades, conocí a muchísimas mujeres que llegaban a merendar o que sencillamente pasaban por la calle y a las que yo, detrás de los cristales, con mi uniforme planchado y mis galones dorados, les hacía una seña. Claro que no todas se me dieron, pero sí una gran mayoría. Y que conste que no quiero alardear. Hubo una noche en que en una sola jornada de trabajo llegué a ligar a tres mujeres (sin contar la cajera del Wendy's una negra durísima que ese mismo día me la había pasado por la piedra en el baño de señoras). El problema fue a la hora de salida: las tres me estaban esperando. De alguna forma, que ahora no es preciso contar, resolví el asunto y me fui con la que más me gustaba, aunque la verdad lamentaba tener que dejar plantada a las otras dos. No tengo ningún familiar en este país y mis relaciones afectuosas y hasta familiares, las he tenido siempre con esas mujeres anónimas que he descubierto desde mi puesto de trabajo o que (modestia aparte) ellas mismas me han descubierto y con el pretexto de tomarse un té o algo por el estilo han entrado en el Wendy's.

Estaba, pues, en esa actitud de alerta, mirando para la calle en busca de una mujer digna de guiñarle un ojo o hacerle alguna otra señal, cuando se detuvo frente al establecimiento un ejemplar femenino verdaderamente extraordinario. Pelo largo y rojizo, frente amplia, nariz perfecta, labios finos y unos ojos color de miel que me observaron sin ningún reparo (y hasta con cierto descaro) a través de sus largas pestañas postizas. Confieso que me impresionó desde el primer momento. Me estiré más la chaqueta de mi uniforme y contemplé el cuerpo de aquella mujer que aunque venía envuelto en un oscuro y grueso traje de invierno prometía ser tan formidable como su rostro. Mientras yo seguía embelesado, ella entró en el Wendy's, se quitó una estola o manta que llevaba sobre los hombros y dejó al descubierto parte de sus senos. Esa misma noche nos dimos cita para las tres de la madrugada, hora en que yo terminaba de trabajar.

Ella me dijo llamarse Elisa, ser de origen griego y estar en Nueva York sólo por unas semanas. Esos datos me parecieron suficientes para invitarla a conocer mi cuarto en la calle 43 del West Side, a sólo tres cuadras de mi trabajo. Elisa aceptó sin titubear lo que me complació enormemente, pues no me gustan esas mujeres a las que hay que estarles rogando durante meses para que finalmente se metan con uno en la cama. Por cierto que después, cuando queremos quitárnosla de encima, nos hacen la vida imposible. Yo, que nunca había querido tener problemas en el Wendy's, me he cuidado mucho de ese tipo de mujeres «difíciles» que luego, cuando uno se vuelve indiferente, son capaces de perseguirnos hasta a la misma Siberia.

Pero con Elisa —sigamos llamándola así— no tuve ese problema. Desde el principio ella puso las cartas sobre la mesa. Yo le gustaba, lo cual era evidente, y quería acostarse conmigo varias veces antes de regresar a Europa. Así pues no le hice más preguntas personales (si quieres pasarlo bien con una mujer nunca le preguntes por su vida) y nos fuimos a la cama. Debo confesar que a pesar de mi experiencia, Elisa me sorprendió. Había en ella no sólo la imaginación de una verdadera gozadora y la pericia de una mujer de mundo, sino también un encanto maternal que mezclado con sus travesuras juveniles y con su porte de gran señora la hacían irresistible. Nunca había disfrutado tanto a una mujer como hasta ese momento.

Nada raro noté en ella esa noche, a no ser, a veces, un extraño acento al pronunciar algunas palabras y hasta algunas frases. Así, por ejemplo, comenzaba una palabra con un tono muy femenino y suave y la terminaba con un sonido grave, casi masculino. Yo supuse que se debería a su poco conocimiento del idioma español, lengua en la que ella, al yo decirle que era cubano, se empecinó en hablarme; aunque le había propuesto, para su comodidad, que habláramos en inglés. No pude dejar de reírme cuando me dijo (tal vez para congratularse con mi condición insular) que ella había nacido cerca del Mediterráneo. No porque haber nacido en ese sitio sea más gracioso que haber venido al mundo en cualquier otro, sino porque cada sílaba de la palabra *Mediterráneo* la pronunciaba con una voz y un tono distintos. De modo que al oírla parecía que no estaba con una mujer sino con cinco absolutamente diferentes. Cuando se lo hice saber noté que su hermosa frente se arrugaba.

Al otro día yo estaba off (digo, libre) en mi trabajo y ella me propuso irnos a cenar al Plum, un elegante restaurante que no compaginaba con el estado de mi bolsillo. Se lo hice saber y ella, mirándome fijamente pero con cierta burla, me dijo que yo era el invitado. No me hice rogar.

Esa noche en el restaurante, Elisa hizo algo que me desconcertó. A pesar de lo exquisito del lugar, al camarero se le había olvidado servir el agua. Hice varias señales para que nos atendiera. El hombre decía que sí, que vendría inmediatamente, pero el agua no acababa de llegar. Entonces Elisa cogió el búcaro que adornaba nuestra mesa y sacándole las flores se bebió el agua. Al instante colocó las flores en su sitio y siguió hablando conmigo. Todo esto lo hizo con tanta naturalidad que tal parecía que beberse el agua de un búcaro de flores era la cosa más normal del mundo... Terminada la comida nos fuimos para el cuarto; y yo volví a disfrutar, aún más que la vez anterior, de aquel cuerpo formidable. Por la madrugada, cuando, semidormidos, nos besábamos, recuerdo haber experimentado durante unos segundos la extraña sensación de tener junto a mis labios los belfos de algún animal. Prendí la luz. Junto a mí sólo tenía, por fortuna, los labios de la mujer más bella que he conocido.

Tan entusiasmado estaba con Elisa que acepté su sugerencia de que ese día, lunes, no fuera a trabajar al Wendy's. Según ella ese era el único día de la semana que podía pasarlo conmigo por lo que me propuso dar un paseo en mi motocicleta (una Yamaha 1981) lejos de Nueva York.

Ya del otro lado del Hudson, por la parte de Nueva Jersey, Elisa me pidió que nos detuviéramos para contemplar la ciudad. Frené, comprendiendo que para una extranjera (y turista al parecer por la liberalidad con que actuaba) la vista panorámica de Manhattan con sus cordilleras de torres que, en ese momento se adentraban en la niebla, tenía que ser algo impresionante. A mí mismo, tan acostumbrado a ese panorama que ya casi nunca me tomo la molestia de contemplarlo, me sedujo el paisaje y hasta creo haber percibido un intenso fulgor que emanaba de los edificios más altos. Hecho si se quiere extraño pues a aquella hora, como las once de la mañana, los rascacielos no tenían porqué estar iluminados. Me volví para comentárselo a Elisa, pero ella, apoyada en la varanda que da hacia el río, no me escuchó. Estaba ensimismada mirando hacia la extraña luminosidad y pronunciaba algunas palabras que como para mí resultaron ininteligibles deduje que pertenecían a su lengua materna. Para sacarla de aquel monólogo me le acerqué por detrás y puse mis manos sobre sus hombros cubiertos por la gruesa estola. Sentí un escalofrío. Uno de sus hombros parecía configurar una aguda protuberancia como si el hueso se hubiese dislocado formando un garfio. Para cerciorarme de aquella deformidad que, insólitamente, yo no había descubierto hasta entonces volví a palpar el hombro. Pero ya no había tal deformación y mi mano, por encima del paño, acariciaba una piel tibia y tersa. Seguramente, pensé entonces, lo que había tocado antes era algún imperdible o una hombrera que había vuelto a su lugar. En ese momento Elisa se volvió y me dijo que cuando yo quisiera podíamos continuar el viaje.

Nos sentamos en la motocicleta, pero ésta no echó a andar. La examiné minuciosamente y por último le dije a Elisa que no creía que pudiéramos continuar el viaje. La motocicleta no daba para más, lo mejor era dejarla allí mismo y regresar a Manhattan en un taxi. Elisa me pidió examinar ella misma el motor. Conozco de esas cosas, me explicó sonriendo, en mi país tengo una *lambreta* —así dijo— parecida a ésta... Incrédulo acerca de sus dotes como mecánico me acerqué a la terraza junto al Hudson y encendí un cigarro. No tuve tiempo de terminarlo. El motor de arranque de la motocicleta se había puesto a funcionar luego de haber hecho su explosión característica.

Entusiasmado nos pusimos en marcha. Por sugerencia de Elisa íbamos hacia el norte, por la carretera 195, rumbo a un pequeño pueblo de montañas cerca de la ruta que llega hasta Búfalo. A medida que subíamos, el mediodía otoñal se volvía cada vez más radiante. Los árboles, de un rojo tan intenso, parecían arder. La niebla había desaparecido y un resplandor casi cálido lo envolvía todo. Yo miraba a Elisa por el espejo retrovisor y advertía en ella una dulce expresión de serenidad. Era tan agradable verla así, su rostro contra el bosque, con aquella placidez misteriosa, que a cada rato la observaba fascinado a través del espejito. Hubo un momento en que en vez de su cara creía ver la de un anciano espantoso, pero pensé que aquello no era más que los efectos de la velocidad que distorsiona cualquier imagen... Por la tarde nos adentramos en las montañas y antes de que oscureciera hicimos alto en un pueblo de casas de una y dos plantas situadas en una colina. Más que un pueblo parecía un promontorio de piedras como pintadas de cal sobre las que se destacaba, aún más blanca, la torre de una iglesia tan antigua que no parecía ser americana. Elisa me aclaró el misterio. Aquel pueblo lo fundaron un grupo de europeos (españoles e italianos) emigrados desde el siglo XVII quienes escogieron aquel sitio alejado para poder conservar sus costumbres. Eran de origen campesino y por lo tanto, según Elisa, aunque llegaron allí sobre 1760 vivía entonces (y al parecer ahora) en pleno medioevo. Y efectivamente, era una pequeña ciudad medieval —aunque con luz eléctrica y agua corriente— lo que se había construido en una montaña newyorkina.[2]

No me sorprendieron los conocimientos históricos y arquitectónico de Elisa. Siempre he pensado que los europeos, sencillamente por serlo, pueden saber más del pasado que cualquier

2. Evidentemente la ciudad a que se refiere Ramoncito es a Syracuse, al norte del estado de Nueva York. Su nombre de origen es Siracusa, puerto

71

americano. Hasta cierto punto, y que me perdonen. ellos mismos son el pasado.

Suena el timbre que nos llama para ir a comer. Voy corriendo. Ací, junto con todos los reclusos, entre el estruendo de platos, cucharas y gritos me siento más seguro que aquí, solo, en la celda. Para estimularme me prometo que en cuanto termine la comida seguiré escribiendo el informe.

Ahora estoy en la biblioteca de la prisión. Son las once de la noche. Pienso que si nada me hubiese ocurrido yo estaría en el Wendy's, con mi uniforme azul y mis galones dorados, detrás de los cristales, abrigado del frío e inspeccionando con mi buen ojo clínico a todas las mujeres que cruzan por enfrente. Pero para mujeres estoy yo ahora. Encerrado aquí por un delito que no he cometido, pero que, dada mi condición de marielito es como si ya lo hubiese consumado, y esperando no por la sentencia que de todos modos, a estas alturas, no me preocupa demasiado, sino por la llegada de Elisa que en cuanto pueda vendrá a matarme.

Pero volvamos unos días atrás, a la noche que pasamos en aquel pueblo de montañas, tan caro a Elisa. Dimos una vuelta por los alrededores y nos encaminamos hasta un restaurante que era como un mesón español, algo parecido a la Bodeguilla del Medio, allá en La Habana, lugar al que sólo pude ir una vez y eso porque una francesa me invitó... Elisa conocía bien el sitio. Supo escoger la mejor mesa y seleccionar los mejores platos. Se veía que estaba en su verdadero ambiente. Creo que su belleza aumentaba por momentos. También supo escoger un

y provincia italianos; patria de Arquímedes y de Teócrito, se encuentra allí un célebre teatro griego. (Nota de Daniel Sakuntala.) [3]

3. Discrepamos rotundamente con el señor Sakuntala. Luego de viajar por todo el estado de Nueva York, hemos llegado a la conclusión de que la ciudad a que arribó Ramón Fernández en compañía de Elisa no es otra que Albany.[4] Sólo ella posee esas casas de piedra «como pintadas de cal» situadas en la falda de una montaña. También se encuentra allí una vieja iglesia con su torre completamente blanca. (Nota de Ismaele Lorenzo y de Vicente Echurre en 1999.)

4. Rechazamos las teorías tanto de Daniel Sakuntala como de los señores Lorenzo y Echurre. La ciudad no puede ser otra que el pueblo de Ithaca, situado en una montaña al norte de Nueva York. Recuérdese que el testimonio del señor Fernández dice que «más que un pueblo parecía un promontorio de piedras». Eso es exactamente Ithaca. Las piedras conforman la famosa Universidad de Cornell, y la torre blanca que parece una iglesia no es más que el inmenso pilar donde se levanta el reloj de la biblioteca. (Nota de los editores en el 2025.)

hotel pequeño y familiar; parecía una casa de huéspedes. Nos acostamos temprano e hicimos el amor desaforadamente. Confieso que a pesar de mi entusiasmo, Elisa era difícil de satisfacer (¡qué mujer no lo es!), pero yo tengo mis mañas y en esos menesteres soy siempre quien digo la última palabra, aún cuando mi acompañante sea una gran conversadora. Sí, creo que ya de madrugada logré satisfacerla plenamente. Entonces ella se abandonó al descanso. Antes de apagar la lámpara quise saciarme contemplando ese bello estado de serenidad que otra vez la poseía. Se quedó dormida; pero sus ojos no permanecieron cerrados por mucho tiempo, sino que, súbitamente se borraron. Grité con la intención de despertarme pues debía estar soñando, y al momento pude ver que sus ojos me miraban fijamente. Creo que tuve una pesadilla, le dije disculpándome y abrazándola le di las buenas noches. Pero durante el resto de la madrugada apenas pude dormir.

Antes de que amaneciese, Elisa se levantó y salió sigilosa de la habitación. Yo me puse de pie y atisbé desde las cortinas de la ventana. La vi perderse entre el resplandor de la neblina por un sendero amarillo que se adentraba entre los árboles. Decidí esperarla despierto, aunque de todos modos, me decía para tranquilizarme, era hasta cierto punto normal que una persona se levantase antes del amanecer y diera un paseo; quizás, pensé, esa sea una costumbre europea. Recordé que la francesa, la que me llevó a la Bodeguilla del Medio, se levantaba de madrugada, se daban una ducha y así, mojada, se tiraba en la cama... Una hora más tarde aproximadamente sentí a Elisa empujar la puerta —yo me hice el dormido—. Por su respiración parecía fatigada. Se sentó junto a mí, al borde de la cama, y apagó la luz. Aprovechando la oscuridad entreabrí los ojos. De espaldas a mí, frente al resplandor del amanecer, había una hermosa mujer desnuda que de un momento a otro se metería bajo mis sábanas. Sus nalgas, su espalda, sus hombros, su cuello, todo era perfecto. Sólo que a aquel cuerpo le faltaba la cabeza.

Como ante los acontecimientos más insólitos buscamos siempre una explicación lógica, yo pensé que aquello no podía ser otra cosa que los efectos de la niebla, tan densa en aquel lugar. De todos modos, mi instinto me dijo que lo mejor era callarme la boca y cerrar los ojos. Sentí a Elisa deslizarse a mi lado. Su mano, en verdad experta, me acarició el sexo. ¿Duermes? Me dijo. Yo, como despertando de un sueñeo profundísimo, abrí los ojos. Junto a mí tenía su rostro sereno perfecto y sonriente. Creo que el color de sus cabellos era en aquellos momentos de una intensidad aún mayor. Ella me siguió acariciando y aunque aún yo no podía olvidar mis resquemores nos abrazamos hasta quedar completamente satisfechos.

Ya hace tres días que estoy en prisión y no creo que me queden más que otros tres días de vida. Así que debo apurarme... Hoy por la mañana volví a gritar que no quería que me dejaran solo. Por el mediodía la administración de la cárcel me mandó un siquiatra. Lo miré con indiferencia y respondí a sus preguntas con tono irritado. No sólo porque sabía que nada iba a hacer por mí, puesto que ni siquiera, desgraciadamente estoy loco, sino porque su entrevista, sus estúpidas preguntas, eran una pérdida de tiempo; de este tiempo precioso, por lo breve, que debo emplear en escribir esta historia y enviársela a un amigo para ver si puede hacer algo. Aunque lo dudo. De todos modos prosigo.

Llegamos a Nueva York a las nueve y media de la mañana. Un tiempo *record* a la verdad. Pero Elisa se empecinó en que yo condujese a toda velocidad pues, según ella, debía estar antes de las diez de la mañana en el consulado griego. Frente a una luz roja de la Quinta Avenida se apeó bruscamente y mientras se alejaba casi corriendo me dijo que al día siguiente me vería en el Wendy's. Y así fue. Sobre las nueve de la noche se apareció para decirme que me esperaría a la hora de mi salida del trabajo, es decir, a las tres de la madrugada. Quedamos en eso. Pero yo con todo lo que había visto o había creído ver, más el deseo (¿Debería escribir *amor*?) que Elisa me inspiraba, me había propuesto, como un asunto de vida o muerte, saber quién era realmente aquella mujer.

Pretextando un fuerte dolor de estómago, salí del Wendy's sin siquiera quitarme el uniforme y tomando mis precauciones seguí a Elisa de cerca. En Brondway y la calle 44 hizo una llamada telefónica, luego siguió caminando hasta la zona de los teatros. En la calle 47 alguien, que evidentemente la estaba esperando, abrió la puerta de un Limosine y Elisa entró en él. Sólo pude ver la mano masculina que la ayudó a entrar. Me fue fácil tomar un taxi y seguir al Limosine que se detuvo en el número 172 de la calle 89 en el East Side. El chófer le abrió la puerta a Elisa y a su acompañante. La pareja entró en el edificio de apartamentos. Yo, protegiéndome del frío, esperé dentro de una caseta telefónica. Una hora después, esto es, sobre las diez y media de la noche, descendió Elisa. Mi experiencia me dijo que aquella mujer acababa de sostener un largo y satisfactorio combate sexual. Ella miró su reloj y echó andar rumbo al Parque Central. A la altura de la calle 79 se acercó a un banco donde estaba sentado un joven quien obviamente la aguardaba. Pensé (estoy seguro de ello) que aquel joven era la persona que Elisa había telefoneado desde Broadway. El diálogo fue ahora tan breve como el que había sostenido por teléfono. Sin mayores trámites los dos se internaron entre los matorrales del Parque Central. No me fue difícil mirar sin ser visto lo rápido y bien que la pareja se acoplaba. Las hojas secas crujían bajo los cuerpos y los mutuos jadeos ahuyentaban hasta a las ardillas quienes, soltando unos largos chillidos, se trepaban a los árboles. Aquello duró como una hora y media aproximadamente, puesto que sobre las doce y treinta ya Elisa se paseaba con gran serenidad por la zona pornográfica de la calle 42. Con gran desenfado observaba a los hombres que por allí transitaban buscando evidentemente alguna mujer o algo por el estilo. Un tramo más abajo, Elisa se detuvo ante un negro gigantesco y bien parecido que estaba parado junto a la puerta de un peep show. Desde luego que no pude oír lo que hablaron, pero al parecer Elisa fue sin rodeos al grano: antes de cinco minutos entraron en una de las cabinas del peep show. Allí estuvieron encerrados más de media hora. Al salir el joven negro lucía extenuado; Elisa, radiante. Eran ahora las dos de la madrugada y todavía ella seguía caminando por aquella zona. Unos instantes después la vi entrar con tres robustos norteamericanos de apariencia campesina en una caseta del peep show llamado el Black Jack. A los quince minutos tiró la puerta de la cabina y salió al parecer bastante complacida. No esperé para ver el rostro de los tres hombres... Cuando vi entrar a Elisa (ahora con un puertorriqueño que tenía un ostensible aspecto de chulo) en el peep show que está en la octava avenida entre la 43 y la 44 calles pensé que indiscutiblemente mi «prometida» no acudiría esa madrugada a la cita que me había dado. Y a pesar de mi experiencia no pude dejar de sentir una derrota total: Elisa era la mujer de la cual yo me había, por primera vez, enamorado... Pero quince minutos antes de las tres, ella salió del peer show y se encaminó hacia el Wendy's por lo que yo, olvidándolo todo con tal de volver a estar junto a ella, eché a correr para estar allí, esperándola. Ante la mirada de sorpresa de la cajera y de los demás empleados me aposté como de costumbre detrás de la pared de cristal. A los pocos minutos llegó Elisa y nos fuimos para mi cuarto.

Insólitamente aquella noche en la cama ella se mostró más exigente que otras veces, que es mucho decir. A pesar de mis conocimientos y de mi deseo me costó trabajo satisfacerla... Aunque después de la batalla me hice el dormido, no pegué los ojos ni un instante. Aun estaba perplejo por lo que había visto. Desde luego, no creí conveniente decirle que la había espiado, ni mostrarme celoso, aunque en realidad lo estaba. Por otra parte, tampoco me consideraba con derecho a exigirle fidelidad pues en ningún momento nos la habíamos prometido.

A eso de las nueve de la mañana ella se levantó, se vistió en silencio y salió a la calle sin despedirse de mí que seguía aparentemente dormido. Pero yo me había empecinado (ahora me arrepiento) en seguirla y averiguar dónde vivía y quién era realmente aquella mujer... En la 43 y la octava tomó un taxi. Yo cogí otro. Mientras la seguía dando cabezazos, pensaba si sería posible que Elisa fuera a otro encuentro amoroso. Pero no fue así. Después de una noche tan turbulenta, Elisa parecía querer serenarse viendo obras de arte. Al menos eso fue lo que pensé entonces al verla bajarse del taxi y entrar apresurada en el Museo Metropolitano, justo en el instante en que éste abría sus puertas. Luego de pagar la entrada me precipité también en el edificio y subí al segundo piso donde ella se había dirigido. La vi entrar en uno de los tantos salones del museo y allí mismo, casi delante de mis ojos, desaparecer. En vano la busqué durante horas por todo el inmenso edificio. No quedó un salón que no escudriñase, no hubo estatua detrás de la cual no mirara, ni jarrón (allí son enormes) al que no le diera la vuelta y hasta me asomara en su interior. Hubo un momento en que me hallé perdido entre innumerables momias y sarcófagos milenarios mientras llamaba en voz alta a Elisa. Al salir de aquel laberinto entré en un templo de la época de los Tolomeos (según decía un cartel),[5] situado como dentro de una piscina. Escudriñé toda aquella mole de piedra, pero Elisa tampoco estaba allí. Como a las tres de la tarde regresé a mi cuarto. Y me tiré en la cama.

5. Es natural que Ramoncito, tan poco acostumbrado a visitar un museo, confunda los tópicos, los estilos y las épocas. El templo al que entró no puede haber sido otro que el de Ramsés II, construido cuando el jubileo de este monarca, durante la dinastía 19, exactamente 1305 años antes de Cristo.[6] Se trata de una enorme mole de granito rojo dentro de la que cualquier inexperto puede perderse. (Nota de Daniel Sakuntala.)

6. Lo único que guardaba el Museo Metropolitano de ese templo era una piedra de unos dos metros de altura. Imposible que Ramón Fernández pudiera adentrarse en ella. En realidad donde él entró fue en el templo

Cuando desperté eran las dos de la madrugada. Corriendo me puse el uniforme y fui para el Wendy's. El jefe, que siempre había sido conmigo bastante amable, me dijo que a esa hora en vez de entrar al trabajo era casi el momento de abandonarlo. Creo que incluso había cierto sentimiento en su voz cuando me comunicó que la próxima vez que eso sucediera yo quedaría despedido. Le prometí que no volvería a pasar y regresé a mi cuarto. Allí, junto a la puerta estaba Elisa esperándome. Ni siquiera me sorprendió el que hubiera podido entrar al edificio, aunque la puerta de la calle permanece siempre cerrada y sólo los inquilinos tienen llave. Me dijo que había ido varias veces por el Wendy's y que como no me había encontrado había decidido esperarme en el cuarto. Entramos y quizás porque yo había dormido muchas horas o porque me parecía que no la iba a ver más, le hice el amor con renovado entusiasmo. Sí, esa noche también creo que fui yo el vencedor. ¿Pero, cuántas batallas —me pregunté a mí mismo con tristeza— no habrá sostenido hoy ella antes de llegar hasta aquí?... Cuando ya amaneciendo volví a la carga, deslizándome por encima de su cuerpo desnudo, vi que en ese momento Elisa carecía de senos. Me eché a un lado de la cama preguntándome si aquella mujer me estaría volviendo loco. Pero ella, como si hubiese adivinado mi desasosiego, me atrajo con sus brazos hacia sus ya hermosos pechos.

Igual que el día anterior, Elisa se levantó sobre las nueve de la mañana, se vistió rápidamente y salió a la calle. Su destino

del Debot [7] que, efectivamente, está situado dentro de un lago artificial para crear la ambientación que tenía en su lugar de origen, el Nilo. (Nota de Vicente Echurre en 1999.)

7. Discrepo de mi colega, el señor Echurre. El templo al que él se refiere existe, pero está en Madrid. En vano he intentado refrescarle la memoria. De modo que como, lógicamente, disiento, decidimos que cada uno emitiera su propia opinión, por descabellada que pueda parecer la de mi asociado. La mía, incuestionable, es la siguiente: El recinto donde entró el señor Fernández en el Museo Metropolitano era el supuesto templo de Kantur [8] que perteneció a la reina Cleopatra y que en 1965 la UNESCO, a través del entonces presidente John F. Kennedy le vendió a los Estados Unidos por veinte millones de dólares. Luego se comprobó que esta operación no fue más que una estafa (una de tantas) realizada en contubernio con el propio Mr. Kennedy. La UNESCO envió el templo original a su sede, la Unión Soviética, y remitió a los Estados Unidos una maqueta plástica tamaño natural. La alta combustibilidad de esa maqueta fue la que causó el gran incendio en el Museo Metropolitano. Al parecer, alguien, por descuido dejó caer una colilla de cigarro. (Nota de Ismaele Lorenzo en 1999.)

8. El único templo egipcio que guardaba el Museo Metropolitano era el de Pernabi, dinastía 5; 2400 años antes de nuestra era. (Nota de los editores en el 2025.)

era otra vez el mismo, el Museo Metropolitano. Y también ahora desapareció delante de mis ojos.

El jueves y el vierenes ella no vino a verme al trabajo. El sábado me levanté temprano con la decisión de que tenía que encontrarla. Debo decir que independientemente de todo el misterio que envolvía a su persona, y que también me fascinaba, lo que más me urgía era acostarme inmediatamente con ella.

Tomé un taxi y me fui para el Museo Metropolitano. Evidentemente, pensaba, Elisa tenía que estar relacionada con aquel edificio, y me reproché incluso la torpeza de no haber deducido antes que se trataba de una empleada del museo y que por lo mismo había mostrado tanto interés en llegar allí a las diez de la mañana, hora en que se abrían las puertas al público. Mi error fue buscarla entre ese público cuando ella debía estar entre el personal de la oficina o en cualquier otra dependencia.

La busqué en todos los sitios. Indagué en información y en el departamento de nóminas. Bajo el nombre de Elisa allí no figuraba ninguna empleada. Claro que el hecho de que ella me hubiese dicho llamarse Elisa no significaba que ese tenía que ser su verdadero nombre, sino, tal vez, todo lo contrario. Una persona que trabajase en un sitio lleno de tantos objetos valiosos (que a mí, por cierto, no me dicen nada) y que llevase una vida sexual como la que ella llevaba debía tomar precauciones.

Así que la intenté localizar físicamente entre todas las mujeres que trabajaban en el museo. Cuando estaba inspeccionando una por una a las vigilantes de sala, me llamó la atención una muchedumbre formada de variadísimas nacionalidades (japoneses, sudamericanos, indios, chinos, alemanes...) congregada frente a un cuadro al cual varias empleadas, casi a gritos, intentaban impedir que se fotografiase. Quizás entre aquellas empleadas podría encontrar a Elisa, pensé, y a empujones me abrí paso en la multitud. Y en efecto, allí estaba Elisa. No entre las personas que fotografiaban el cuadro ni entre las empleadas que advertían que no estaba permitido hacerlo, sino dentro del mismo cuadro ante el cual todo el mundo se agolpaba. Me acerqué todo lo que me lo permitía un cordón rojo que servía de barrera entre la pintura y el público. Indiscutiblemente aquella mujer de pelo oscuramente rojizo y lacio, de rasgos perfectos que, mientras depositaba delicadamente una mano sobre la muñeca de la otra, sonreía casi burlonamente de espaldas a un paisaje brumoso en el cual parecía distinguirse un camino que daba a un lago, era Elisa... Pensé entonces que el misterio me había sido al fin revelado. Elisa era sin duda una famosa modelo exclusiva del museo. Por eso era tan difícil encontrarla. En aquellos momentos estaría posando para otro pintor quizás tan bueno como aquel que había hecho ese retrato perfecto.

Antes de preguntarle a una de las vigilantes de la sala en qué compartimento podría encontrar la modelo de aquel cuadro que tantas personas querían fotografiar, me incliné aún más ante él para observarlo detalladamente. En una pequeña placa, junto al marco, decía que el cuadro había sido terminado en 1505 por un tal Leonardo da Vinci. Estupefacto retrocedí para examinar mejor aquella tela. Entonces mi mirada se encontró con la de Elisa quien desde el cuadro me observaba fijamente. Sostuve aquella mirada y descubrí que los ojos de Elisa no tenían pestañas porque eran los ojos de una serpiente.

Otra vez suena el timbre que anuncia a los reclusos que nos llegó la hora de dormir. No puedo seguir trabajando en este informe hasta mañana. Tengo que apurarme, pues no creo que me queden más de dos días de vida.

Desde luego que por mucho que la mujer del cuadro se pareciese a Elisa era imposible que ésta fuera la modelo. Así que rápidamente traté de hallar una explicación razonable que me justificara el fenómeno. Según un catálogo que allí le repartían a todo el mundo, el cuadro estaba valorado en muchos millones de dólares (más de ochenta millones, decía el catálogo).[9] La mujer del cuadro (según el mismo catálogo) era europea. Elisa también lo era. La mujer del cuadro podría ser entonces algún pariente remoto de Elisa. Por lo tanto, Elisa podía ser la dueña de aquel cuadro. Y como el cuadro es tan valioso, Elisa, por motivos de seguridad, viajaba con él y venía a inspeccionarlo todas las mañanas. Luego, al comprobar que al mismo no le había sucedido

---

9. Es interesante constatar que mientras *The New York Times* valoraba el cuadro en unos cien millones de dólares, el catálogo sólo estipulaba unos ochenta millones. Imaginamos que detrás de esto se escondía una treta de gobierno de los Estados Unidos para aumentar los impuestos por el derecho de exhibición de la famosa obra en este país. Podríamos agregar que estas sospechas fueron casi absolutamente confirmadas cuando en 1992, al abrirse el testamento del expresidente Ronald Reegan, quedó demostrado que *The New York Times* era de su propiedad desde 1944. La tendencia antirrepublicana de este periódico (que después de ese escandalo tuvo que cerrar) no era más que una treta para evitar todo tipo de sospechas. (Nota de los señores Lorenzo y Echurre en 1999.)

nada durante la noche, que es cuando casi todos los ladrones aprovechan para operar, ella se retiraba a algún departamento del museo. Ahora creía comprender todas sus preocupaciones por pasar de incógnita. Se trataba de una multimillonaria ninfomaníaca que, por razones obvias, debía mantener sus relaciones sexuales en el anonimato.

Admito que no me disgustó el creer que estaba relacionado con una mujer que tuviese tantos millones. Tal vez si yo hacía bien las cosas, si la complacía en todo (y eso era lo que más yo deseaba), Elisa me daría una mano y en un futuro yo podría abrir mi propio Wendy's. Y ya con el entusiasmo me olvidaba de las excentricidades de Elisa y hasta de sus imperfeciones, defectos, anomalías, o como quiera llamársele, que en ciertos momentos había creído descubrir.

Ahora lo que tenía que hacer era mostrarme muy complaciente, desinteresado y no molestarla con preguntas indiscretas. Compré un ramo de rosas, que por estar en un puesto en la Quinta Avenida me costó quince dólares, y me dispuse a esperar a Elisa frente al museo pues de estar allí —y yo estaba seguro de que así era— tarde o temprano tendría que salir a la calle. Pero Elisa no salió. Con mi ramo de rosas bajo la lluvia Newyorquina estuve apostado hasta las diez de la noche, hora en que ese día, por ser viernes, el museo cerraba todas sus puertas.[10]

Cuando entré en el Wendy's eran las once de la noche. Llegaba con tres horas de atraso. Allí mismo me botaron. Antes de salir a la calle le regalé las rosas a la cajera.

Luego de deambular por Broadway durante casi toda la madrugada regresé bastante deprimido a mi cuarto. Allí estaba Elisa esperándome. Como siempre venía vestida con elegancia y esta vez traía una cámara fotográfica profesional, carísima. La invité a entrar y le conté lo de mi despido. No te preocupes, me dijo, a mi lado no vas a tener ningún problema. Así lo creí al recordar su fortuna, y sin más la invité a que se acostara conmigo. Porque

10. Algún evento especial tendría que estarse celebrando ese día en el Museo, pues sólo los miércoles cierra a las diez de la noche. (Nota de Daniel Sakuntala.) [11]

11. El Museo Metropolitano de Nueva York cerraba los miércoles y viernes a las diez de la noche. Los conocimientos del señor Sakuntala en esta materia son nulos. (Notas de los señores Lorenzo y Echurre en 1999.) [12]

12. Antes del gran incendio, el Museo Metropolitano se mantenía abierto los martes y domingos hasta las diez de la noche. Esperemos que cuando terminen las reparaciones y vuelva a abrir se mantenga el mismo horario. (Notas de los editores en el 2025.)

lo primero que debe hacer un hombre cuando quiere mantener buenas relaciones con una mujer es invitarla a la cama; aunque al principio no acepte, y aunque en algunos casos nunca acepte, siempre nos estará agradecida... Insólitamente, Elisa no aceptó. Me dijo que me acostara yo solo que ella tenía que meditar («concentrarse», ahora lo recuerdo, fue la palabra que utilizó) sobre un proyecto de trabajo que iba a realizar al otro día, domingo, que era, en verdad, ya el mismo día en que estábamos pues casi amanecía.

Yo pensé que era mejor obedecer a mi futura empresaria y me fui solo a la cama aunque, desde luego, no pensaba dormir. Roncando despierto la observé discretamente. Estuvo más de dos horas caminando por el estudio y hablando en una extraña jerigonza. «Los inventores», «los intérpretes», creo que le entendí decir en un momento en algo parecido al español. De todos modos no estoy muy seguro de esto, pues Elisa hablaba cada vez más rápido y sus pasos parecían sincronizados a la velocidad de sus palabras. Por último, se desprendió de su espléndido traje y desnuda salió por la ventana hacia la escalera de incendio. Con las manos en alto y la cabeza hacia atrás, en posición como de recibir algo extraordinario que al parecer debería caer del cielo (de aquel cielo cerrado y gris), permaneció por horas en el rellano de la escalera, indiferente al frío y hasta a la llovizna helada que empezaba a apretar. Sobre la una de la tarde entró y «despertándome» me dijo que el trabajo que tenía que efectuar era en el pueblo de montañas donde habíamos estado recientemente. Se trataba, al parecer, de fotografiar algunos lugares típicos de aquella región.

Nos pusimos en marcha y llegamos antes del oscurecer. Las calles estaban vacías, o mejor dicho, pobladas sólo por montañas de hojas púrpuras que formando remolinos corrían de un lado a otro. Nos alojamos en el mismo hotel (o motel) que la vez anterior, tan quieto que parecía que éramos nosotros sus únicos huéspedes. Antes de que anocheciera salimos al pueblo y ella comenzó a fotografiar algunas fachadas aún iluminadas (por cierto que en muchas de esas fotos yo debo figurar pues Elisa me pidió que posara). Fuimos al mismo restaurante que a mí me recordaba la Bodeguita del Medio. Advertí que Elisa tenía un apetito insaciable. Sin perder su elegancia engulló varios tipos de pasta, carnes, cremas, consomés, panes y dulces, además de dos botellas de vino. Al terminar de comer ella me pidió que diéramos una vuelta por los alrededores. Al recorrer aquellas calles estrechas y mal iluminadas, luego de haber salido de un lugar parecido a la

Bodeguita del Medio, me parecía como si hubiera vuelto a La Habana de mis últimos tiempos. Pero lo que más semejaba el estar yo realizando ese viaje era una sensación de temor, casi de terror, que emanaba de todos los sitios y las cosas, incluyéndonos a nosotros mismos. Había anochecido y, aunque no había luna, del cielo se desprendía una remota luminosidad. También la niebla, típica en aquel lugar, lo envolvía todo, hasta nuestros cuerpos, con un fulgor plomizo que disfuminaba los contornos. Finalmente, tomamos un terraplén amarillo por el que parecía que nunca había pasado la rueda de un automóvil. Elisa marchaba delante con todos los equipos. El camino que se hacía cada vez más estrecho se internaba por entre unos promontorios casi indefinidos por la escasa luz. Eran como rocas verdosas y puntiagudas. Otras veces me parecieron cipreses marchitos enlazados por una extraña viscosidad. Salimos del promontorio y al momento estábamos frente a un lago también verdoso rodeado por la misma vegetación imprecisa. Elisa depositó su costoso equipo fotográfico en el suelo y me miró. Mientras hablaba, su cara, su pelo y sus manos resplandecían.

—*Il veleno de la conoscenza é una della tante calamitá di cui soffre l'essere umano* —dijo mirándome fijamente—. *Il veleno della conoscenza o al meno quello della curiositá.*[13]

—No entiendo ni una palabra —le dije con absoluta sinceridad.

—Pues quiero que me entiendas. Nunca he matado a nadie sin explicarle primero el porqué.

—¿A quién vas a matar? —le pregunté sonriéndole, tratando de darle a entender que no tomaba en serio su afirmación.

—Óyeme, idiota —me dijo retirándose unos pasos de mí quien,

13. El pobre Ramoncito puso en su testimonio la transcripción fonética de estas frases. Yo, con mi amplio conocimiento del idioma italiano (fui discípulo de Giolio B. Blanc), las escribo correctamente. Me apresuro a aclarar que ésta es la única corrección que le hecho al manuscrito. La traducción al español sería la siguiente: «El veneno del conocimiento es una de las tantas calamidades que padece el ser humano. El veneno del conocimiento o por lo menos el de la curiosidad.[14] (Nota de Daniel Sakuntala.)

14. Aunque la traducción es correcta dudamos de que el señor Sakuntala haya sido discípulo del barón Giolio B. Blanc. La alcurnia de este personaje no le permitía codearse con gente como el señor Sakuntala, mucho menos ser su profesor. A no ser que hubiesen motivos muy *estrictamente personales*.[15] (Nota de los señores Lorenzo y Echurre.)

15. Giolio B. Blanc dirigió por muchos años la revista *Noticias de Arte* en Nueva York por lo que seguramente conoció a Daniel Sakuntala quien también tenía pretensiones literarias. (Nota de los editores en el 2025.)

aún haciéndome el desentendido, había intentado abrazarla—. Sé todo lo que has hecho. Tus viajes al museo, tu persecución incesante. Estoy al tanto de toda tu labor policial. Ni siquiera creí en ninguno de tus simulados ronquidos. Claro, hasta ahora tu torpeza y tu cobardía no te han permitido ver las cosas tal como son. Yo te voy a ayudar. No existe ninguna diferencia entre el cuadro que viste en el museo y yo. Los dos somos una misma cosa.

Confieso que en ese momento me era imposible asimilar lo que Elisa me quería decir. Le pedí que me lo repitiese «con las palabras más sencillas», aún esperanzado de que todo aquello no fuera más que una broma o los efectos de los litros de vino que se había tomado.

Por fin, luego de ella repetir varias veces la misma explicación pude hacerme una idea de lo que quería decir. La mujer del cuadro y Elisa eran la misma cosa. Mientras el cuadro existiese, ella, Elisa, existiría. Pero para que el cuadro existiese ella tenía, desde luego, que aparecer en el mismo. Esto es, mientras el museo estuviese abierto, Elisa estaba obligada a permanecer «sonriendo, impasible y radiante» (así me me lo dijo con ironía) dentro del cuadro. Una vez que el museo cerraba ella se escapaba y tenía las aventuras amorosas en las que yo había tomado parte. «Aventuras con hombres, con los hombres más apuestos que encuentro», me dijo mirándome, por lo que yo, a pesar del peligro en que me encontraba, no pude dejar de experimentar cierta vanidad... «Pero esos hombres», siguió Elisa, «no se conforman con disfrutar, quieren saber, y terminan como tú, teniendo alguna vaga idea de mi desequilibrio. Comienza entonces la persecución. A toda costa quieren averiguar quién soy yo, quieren saberlo todo. Y yo tengo, finalmente, que eliminarlos»... Aquí Elisa deteniéndose un instante me volvió a mirar enfurecida, luego continuó hablando: «Sí, me gustan los hombres, y mucho, porque yo también soy un hombre y además un sabio!». Esta última afirmación la hizo mirándome aún con más furia; así que yo, creyendo que estaba ante una loca peligrosa, pensé que lo mejor era *seguirle la corriente* (como decíamos allá en La Habana), y, rogándole que se controlase, le pedí que me contase ese fenómeno del cambio de sexo. Después de todo —intenté consolarla— Nueva York estaba lleno de trasvestidos que no parecían muy desdichados... Ella sin escucharme ya me explicó lo siguiente: Elisa no solamente era la mujer del cuadro, sino que esa mujer del cuadro era el mismo pintor que se había hecho su propio autorretrato, pintándose tal como él quería ser (como interiormente era) una mujer lujuriosa y fascinante. Pero el triunfo no radicaba en haberse pintado como una hermosísima mujer. «Eso», me dijo con desprecio, «ya lo habían hecho casi todos los pintores». El verdadero logro consistía en que por una acumulación de energía, de genio y de concentración mental —cosas, afirmó, desconocidas en este siglo—, aquella mujer pintada tenía la facultad de convertirse en el mismo pintor y sobrevivirle. Así que esa figura (¿Ella? ¿Él?) duraría mientras durase el cuadro y tenía la facultad de cuando nadie la observaba, poder abandonar el marco e internarse en la muchedumbre. Entonces buscaba la satisfacción sexual con aquellos tipos de hombre que él, el pintor, como hombre además poco agraciado, nunca había encontrado. *Pero el poder de concentración a que debo someterme para lograr todo eso no es fácil de obtener. Ahora, después de casi quinientos años de práctica, a veces pierdo la perfección de mis contornos y hasta alguno de mis miembros, como tú mismo, embobecido, en varias ocasiones has podido ver sin creerlo.*

En resumen, estaba ante un hombre de más de quinientos años de edad que se había convertido en mujer y era además una pintura. La situación era para morirse de risa sino hubiera sido porque, en aquel momento, Elisa sacó de entre los senos un puñal muy antiguo, pero afilado y reluciente.

Traté de desarmarla, pero no lo logré. Ella, con una sola mano me redujo de tal modo que al instante me vi por el suelo con un puñal ante mis ojos. Así, agachado y prisionero bajo las piernas de Elisa, identifiqué el paisaje en medio del cual me encontraba. Era exactamente el mismo que aparece en el famoso (y para mí maldito) cuadro que había visto en el museo. Ahora sí estaba seguro de que algo siniestro me rodeaba aunque no pudiese precisar sus dimensiones. Elisa —la seguiré llamando así hasta el final de este informe— me hizo caminar en cuclillas hasta el borde del lago. Ya en su orilla comprobé que no se trataba de un lago sino de un pantano. Evidentemente, pensé, este es el sitio donde ella sacrifica a sus amantes inoportunos que tienen que ser numerosos.

Las alternativas que Elisa parecía ofrecerme eran siniestras, morir asfixiado en el pantano o traspasado por el puñal. O tal vez pensaba hacer las dos cosas. Me miró fijamente y comprendí que mi fin estaba próximo. Empecé a llorar. Elisa se desnudó. Yo seguí llorando. En ese momento no era de mi familia en Cuba de lo que me acordaba, sino de la enorme mesa llena de ensalada que había en el Wendy's. Miraba aquella mesa y era como mirar mi propia vida durante los últimos años (fresca, agradable, rodeaba de gente y sin complicaciones) hasta la llegada de Elisa. Ella en ese momento se tendía desnuda sobre el fanguizal.

—Que no se diga —dijo apenas sin mover los labios— que no nos despedimos en forma amistosa.

Y haciéndome una señal para que me acercara siguió sonriendo a su manera, con los labios cerrados.

Sin dejar de llorar me aproximé. Ella pasó su mano con el puñal por detrás de mi cabeza. Inmediatamente apareó su cuerpo desnudo junto al mío. Todo esto lo hizo con tal rapidez, profesionalismo y violencia que yo comprendí que de aquel abrazo era muy difícil salir con vida... Creo que nunca, en mi larga experiencia erótica, actué de una manera tan lujuriosa y tierna, tan experta y apasionada —porque lo cierto es que aún en aquellos momentos en que ella quería matarme yo la deseaba—. En el tercer orgasmo, Elisa, que no cesaba de jadear mientras pronunciaba las palabras más obscenas, no solamente se olvidó del puñal, sino también de ella misma. Noté que al parecer iba perdiendo la «concentración y energía» que, según ella misma me había explicado, la convertían en una verdadera mujer. Sus ojos perdían brillo, el color de su rostro desaparecía, sus pómulos se hundían. De repente, su larga cabellera cayó de golpe y me vi entre los brazos de un anciano calvo, desdentado y hediondo que gimiendo me sobaba el sexo. Al momento se sentó sobre él, cabalgándolo como un verdadero demonio. Rápidamente lo puse en cuatro patas y, a pesar de mi asco, me dispuse a darle todo el placer que me fuera posible, hasta dejarlo tan extenuado que me permitiese escapar. Como jamás había practicado la sodomía quise hacerme la ilusión remota de que aquel esperpento, aquel saco de huesos, al que además le había salido una horrible barba, seguía siendo Elisa. Y mientras lo poseía lo llamé por ese nombre. Pero él, en medio del paroxismo, volvió el rostro, mirándome con unos ojos que eran dos cuencas rojizas.

—¡Llámame Leonardo, coño! ¡Llámame Leonardo! —dijo mientras se retorcía y mugía de placer como nunca antes vi hacerlo a un ser humano.

¡Leonardo! Empecé entonces a repetir, poseyéndolo. ¡Leonardo!, le decía y seguía entrando en aquel promontorio pestífero. Leonardo, le seguí musitando tiernamente mientras de un salto me apoderaba del puñal y, lanzando algunos golpes de ciego, me perdía a toda velocidad por entre el terraplén amarillo. ¡Leonardo! ¡Leonardo! Gritaba aún, cuando caí sobre la motocicleta y partía a escape. ¡Leonardo! ¡Leonardo! ¡Leonardo! Creo que fui repitiendo aterrorizado durante todo el trayecto de regreso a Nueva York, como si ese nombre sirviese de conjuro para sosegar a aquel viejo lujurioso que aún se estaría contorsionando al borde del pantano que él mismo había pintado.

Yo estaba seguro de que Leonardo, Elisa o aquella cosa no había muerto. Es más creo que en ningún momento acerté a herirla. ¿Y si lo hubiese hecho? ¿Habría bastado una simple puñalada para destruir todo aquel horror que había persistido por más de quinientos años y que abarcaba no sólo a Elisa, sino al pantano, al camino arenoso, las rocas, aquel pueblo y hasta la misma niebla espectral que caía sobre todo el conjunto?

Esa noche dormí en casa de mi amigo, el escritor cubano Daniel Sakuntala.[16] Le dije que tenía problemas con una mujer y que no quería dormir con ella en mi apartamento, le regalé el puñal que él supo apreciar como la verdadera joya que era y no quise darle más detalles. ¿Qué iba a resolver, pensé entonces, con contarle mi problema? ¿Acaso podía creerme?[17] Ahora mismo, que ya no tengo escapatorias, y a sólo dos días de mi futura muerte, hago este recuento, sobre todo, por pura desesperación, como última esperanza y porque no me queda otra alternativa. Pero, por lo menos por ahora, estoy seguro de que es muy difícil que alguien lo pueda creer. De todos modos, antes de que se acabe el poco tiempo que me queda, continúo.

Desde luego que ni remotamente pensé en regresar a mi cuarto; la posibilidad de encontrarme allí con Elisa me llenaba de pánico. Si de algo estaba yo seguro era de que ella me buscaba para matarme, como lo está haciendo ahora. Mi propio instinto, mi sentido del miedo y de la persecución (no olviden que viví veinte años en Cuba) me lo dicen.

Por tres días deambulé por las calles sin saber qué hacer y, desde luego, sin pegar los ojos. El miércoles por la noche me aparecí de nuevo en casa de Daniel. Temblaba, pero no era sólo por el miedo, sino también por la fiebre. Alguna gripe, o algo peor había pescado durante esos días a la intemperie.

16. «El escritor cubano, Daniel Sakuntala» (!) Ponemos en tela de juicio esa aseveración producto de la amistad. Ni los diccionarios más prolijos registran su nombre. (Nota de los señores Lorenzo y Echurre en 1999.)

17. Un fatal error de apreciación por parte de mi amigo Ramoncito. Yo me conozco a fondo —porque he estudiado por más de veinte años— la Alquimia, la Astrología, la Metempsicosis y las Ciencias Ocultas, le hubiese creído y le hubiese ayudado a conjurar el mal. De haber confiado en mí. Ahora Ramoncito estaría vivo. Por cierto que el puñal que él me regaló (oro puro con cabo de marfil) ha desaparecido de mi cuarto. Yo estoy seguro que se lo llevó el negro dominicano con el que vino a visitarme los otros días Renecito Cifuentes. (Nota de Daniel Sakuntala.)

Daniel se portó como un verdadero amigo, quizás el único, creo, conque contaba y cuento. Me dio de comer, me preparó un té caliente y me obligó a tomar unas aspirinas y hasta un jarabe.[18] Por último, luego de tantas noches de insomnio me quedé dormido. Soñé, desde luego, con Elisa. Sus ojos fríos me miraban desde algún rincón del cuarto. Súbitamente aquel rincón se convirtió en el extraño paisaje con sus promontorios de rocas verdosas que rodean un pantano. Junto a ese pantano me estaba esperando Elisa. Sus ojos fijos en los míos, las manos elegantemente enlazadas bajo el pecho. Me contemplaba con impasible perversidad y su mirada era una orden para que yo fuera hasta ella y la abrazase avanzando hasta el mismo borde cenagoso. Llegué, arrastrándome. Ella puso sus manos sobre mi cabeza y me atrajo a su vientre. A medida que la poseía comprendía que ya no era ni siquiera en un viejo en lo que me adentraba, sino en una masa de fango. La enorme y hedionda masa me fue absorbiendo mientras se expandía con pesados chapoteos cada vez más pestíferos. Yo gritaba mientras era tragado por aquella cosa viscosa, pero mis gritos sólo se resolvían en ahogados borboteos. Sentí que mi piel y mis huesos eran succionados por la masa de fango y que finalmente, fango yo también dentro de aquel volumen, caía en el gran fangizal que formaba el pantano.

Mis propios gritos me despertaron tan repentinamente que tuve tiempo de ver a Daniel succionándome el miembro. Él se hizo el desentendido y se retiró a un extremo de la cama donde fingió dormir, pero yo comprendí que allí tampoco podría quedarme. Me levanté, hice café, le di las gracias a Daniel por la amabilidad de haberme dejado dormir en su apartamento —le pedí prestados veinte pesos— y salí otra vez a la calle.[19]

Era jueves. Yo había decidido abandonar Nueva York antes del próximo lunes. Pero con veinte pesos, a dónde podía ir. Visité

18. El «jarabe» que le di a tomar no era otra cosa que Riopan un calmante estomacal que puede contener las diarreas. (Nota de Daniel Sakuntala.)

19. Por pura honestidad intelectual dejo este pasaje tal como aparece en el manuscrito de mi amigo Ramoncito. Deseo que el texto se publique íntegramente. Pero esos abusos lascivos a los que se refiere no pueden ser más que productos de su estado nervioso y de la pesadilla que en ese momento padecía. Cierto que dormimos esa noche en la misma cama, pues no tengo otra. Yo le oí gritar y para sacarlo de su delirio lo sacudí varias veces; de modo que en el momento en que se despertó era lógico que mis manos estuviesen sobre su cuerpo. (Nota de Daniel Sakuntala.)[20]

20. Somos de la opinión de que Ramón Fernández fue objeto de abusos lascivos, como él mismo afirma, por el señor Sakuntala. La hoja moral de

a varios conocidos (entre ellos a Reinaldo García Ramos), les ofrecí la llave de mi cuarto para que se quedasen con todas mis propiedades a cambio de algún dinero. Todos me dieron muchas excusas, pero ni un centavo. El domingo por la madrugada entré en el Wendy's donde los mejores días de mi vida como *security* ya habían pasado. Junto a la caja contadora estaba la rotunda negra que tan buena (en todos los sentidos) había sido conmigo. Me dejó consumir una ración gratuita de ensalada, así como un litro de leche y un hamburger. Sobre las cinco de la madrugada el establecimiento estaba completamente vacío y yo dormitaba en uno de los asientos. Una empleada que baldeaba el segundo piso llamó a la cajera para comentarle un chisme. Mientras hablaban aproveché la ocasión y me apoderé de todo el dinero que había en la caja. Sin contarlo corrí hasta Grand Central. Quería tomar un tren que me llevase lo más lejos posible. Pero los trenes de largo recorrido no salían hasta las nueve de la mañana. Mientras esperaba me senté en un banco y conté el dinero. Tenía mil doscientos dólares. Pensé que estaba salvado. A las ocho de la mañana la estación central era un hervidero humano —o mejor dicho, inhumano— formado por miles de personas que se empujaban despiadadamente para llegar a tiempo a sus trabajos. Pero a las nueve de la mañana, pensé, yo estaría sentado en un tren huyendo de toda aquella gente y sobre todo de aquella cosa.

No fue así. Hacía ya la cola para comprar el pasaje cuando divisé a Elisa. Estaba debajo del gran reloj de la estación terminal, ajena a la muchedumbre, observándome fijamente mientras mantenía su enigmática sonrisa y sus manos unidas. La vi avanzar hacia mí y eché a correr rumbo a los andenes. Pero como no tenía el pasaje no me dejaron entrar. Volví a atravesar todo el salón, empujando a la gente y tratando de encontrar un sitio donde esconderme. Pero ella aparecía por todas partes. Recuerdo haber cruzado como una centella por el restaurante Oyster Bar chocando con un camarero y volcando una mesa repleta de langostas que numerosas personas se disponían a comer. Al salir del restaurante por la puerta del fondo, Elisa estaba allí, aguardán-

este personaje, quien desapareció desnudo junto al lago Erie [21] en medio de una orgía multitudinaria, así lo confirma. (Nota de los señores Lorenzo y Echurre en 1999.)

21. Ya hemos dicho que Daniel Sakuntala desapareció junto al lago Ontario. Fue allí donde se encontraron sus ropas. Lo de la supuesta orgía no es una noticia confirmada. (Nota de los editores en el 2025.)

dome. Supe (o intuí) que no podía quedarme ni un minuto solo con aquella «mujer», que entre más gente me rodeara menos posibilidades tendría ella de matarme o de arrastrarme hasta su pantano. Empecé a gritar en inglés y en español, pidiendo ayuda mientras la señalaba. Pero la gente, toda aquella multitud, pasaba por mi lado apresurada y sin mirarme. Un loco más gritando en la estación de trenes más populosa del mundo no podía inquietar a nadie. Como si eso fuera poco, mis ropas estaban sucias y yo tenía una barba de más de una semana. En cuanto a la mujer a la que yo acusaba de intentar agredirme, era toda una gran señora, serena, elegante, correctamente maquillada y vestida. Comprendí que gritando no iba a llamar la atención de nadie, por lo que me precipité al mismo centro del salón donde se aglomeraba mayor público y rápidamente me quité toda la ropa, quedándome completamente desnudo. Así comencé a dar saltos entre la muchedumbre. Eso, evidentemente, era más de lo permitido hasta a un loco en el mismo centro de Nueva York. Sonaron varios silbatos. Llegó la policía y fui arrestado. Sentí una sensación de paz (la primera en muchos días) cuando me pusieron las esposas y me metieron a empujones en el carro patrullero.

Pero sólo estuve una noche en la estación de policía. No había pruebas para dejarme detenido como un delincuente común o algo por el estilo, y si yo estaba loco —cito las palabras del oficial de guardia— «ese no era asunto que le concerniera a la policía new-yorquina por fortuna, pues de lo contrario tendría que arrestar a casi todo el mundo». Por otra parte, el dinero había desaparecido a manos de los policías que me habían arrestado en el mismo instante en que registraron mis ropas. Así que no había ni siquiera la sospecha de que yo hubiese podido cometer algún delito. Desde luego que, entre otras cosas, me culpé de ladrón, lo cual no era más que la verdad, e hice mención del dinero que me había robado. Pero al parecer la policía no halló en sus computadoras ninguna denuncia hecha por la administración del Wendy's ni nadie había reportado la pérdida del dinero.[22]

El martes estaba yo otra vez caminando por las calles de Manhattan entre una llovizna y un viento insoportables; sin un centavo y sin un paraguas, desde luego. Eran las once de la mañana. Sabía

22. Al parecer, Ramón Fernández sin saberlo tenía una mujer que realmente lo amaba. Se trata de la cajera del Wendy's. Según pude averiguar, ella, de su sueldo, repuso poco a poco el «desfalco» (llamémosle así) que se había cometido bajo su responsabilidad sin mencionar nunca el nombre del ladrón. Obviamente esa mujer era otra persona, además de yo mismo quien Ramoncito, si no hubiese sido tan desconfiado o soberbio, le hubiese podido pedir ayuda. (Nota de Daniel Sakuntala.)

que el Museo Metropolitano estaría abierto hasta las siete de la tarde, por lo pronto al menos yo no corría ningún riesgo. Ella, dentro del cuadro le estaba ahora sonriendo a todos sus admiradores. Fue entonces (recuerdo que atravesaba la calle 42) cuando tuve como una suerte de iluminación. Una idea verdaderamente salvadora. ¿Cómo era posible que no se me hubiese ocurrido antes? Me reproché mi imbecilidad, insólita en un hombre que no se considera absolutamente idiota. ¡El cuadro! ¡El cuadro, desde luego! Allí estaba ella, el pantano, las rocas, el terraplén amarillo... Todo lo que el pintor había concebido, incluyéndose a él mismo, estaba ahora en el museo, cumpliendo su condición de obra de arte, a merced de quien se atreviese a destruirla.

Fui hasta mi cuarto tomé el martillo con el que a veces me entretenía haciendo labores de carpintería,[23] lo escondí debajo de la chaqueta y corrí hasta el Museo Metropolitano. Allí me tropecé con otro problema; no tenía dinero para pagar la entrada. Claro que podía entrar por la fuerza, pero no quería que me detuvieran antes de terminar mi trabajo. Al fin una persona que salía del edificio accedió a regalarme el distintivo que acredita haber pagado la entrada. Me lo coloqué en la solapa de la chaqueta y me introduje en el edificio. Corriendo subí al segundo piso y entré en el salón más concurrido del museo. Allí estaba ella, cautiva dentro de su cuadro, sonriéndole a la multitud. Empujando a esa estúpida multitud me abalancé martillo en mano. Al fin iba a acabar con aquel engendro que a tantos hombres ya había destruido y que de un momento a otro me iba a destruir también a mí. Pero entonces, en el momento en que iba a descargar el golpe sobre Elisa, una de sus manos se separó de la otra y a una velocidad increíble (mientras el rostro se mantenía impasible) apretó el timbre de la alarma que estaba a su lado fuera del cuadro. De inmediato una lámina de acero cayó desde el techo cubriendo toda la pintura.[24] Y yo, martillo en mano, fui aprisionado por el personal de seguridad del museo, por la policía que apareció al momento y por la misma fanática multitud que había ido allí a adorar el

23. Es cierto que Ramoncito tenía conocimientos de carpintería. A mí una vez me hizo un excelente librero. Ese martillo, por cierto, no era de él, sino mío. Se lo había prestado hacía unos meses cuando, con la ayuda de Miguel Correa, instaló un aire acondicionado en su estudio. (Nota de Daniel Sakuntala.)

24. Ese sistema de protección es el más eficaz que se ha inventado hasta ahora. Simultáneamente con el sonido de la alarma, una lámina de metal cae sobre la pared donde cuelga la pieza en peligro. Su instalación es costosísima. En el mundo sólo hay tres obras, desde luego magistrales, que la poseen. Estas obras, según datos obtenidos por mi amigo y curador,

cuadro. Esa multitud que en Grand Central nada había hecho por mí cuando le pedí a gritos que me ayudara, pues estaba en peligro de muerte, fue la que ahora me metió encolerizada en la perseguidora.

Hoy viernes, luego de cuatro días de arresto llego al final de mi historia, la que intentaré enviarle a Daniel lo más rápidamente posible. Tal vez lo pueda lograr. Súbitamente me he convertido en un personaje famoso y hay aquí dos o tres policías que, de cierta manera, me admiran por ser un caso extraño que ellos no pueden explicarse: Yo no intentaba robarme un cuadro que vale millones de dólares, sino romperlo. Uno de esos policías (me reservo su nombre) me ha prometido sacar este manuscrito y entregárselo a mi amigo Daniel. Si este testimonio llega a tiempo a sus manos no sé qué él pueda hacer, pero estoy seguro que algo hará. Quizás alguna persona con influencia lo lea; quizás lo tomen en serio y me pongan una escolta personal, una vigilancia incesante y eficaz. Entiéndanme, yo no quiero salir de esta celda, lo que quiero es que Elisa no pueda entrar. Lo ideal sería que instalaran aquí la misma lámina metálica que la protege a ella. Pero todo eso tendría que ser antes del lunes. Ese día el museo está cerrado y ella, totalmente libre, tendrá el tiempo suficiente para acumular todas las energías y astucias necesarias para llegar hasta aquí y destruirme. ¡Ayúdenme, por favor! O pronto seré otra de sus innumerables víctimas que yacen sepultadas en el pantano verdoso que está detrás del cuadro desde el cual ella, con sus ojos sin pestañas, vigila mientras sonríe.

Miami Beach, octubre de 1986.

el señor Kokó Salás,[25] son: *La Joconde*, de Leonardo da Vinci; *El Guernica*, de Pablo Picaso y *El Entierro del Conde de Orgaz*. de Doménico Theotocopolus, *El Greco*. (Nota de Daniel Sakuntala.)

25. Calificar a Kokó Salás de «curador» fue un gran desacierto por parte de Daniel Sakuntala, en realidad se trata de un delincuente común dedicado al tráfico ilícito de obras de arte en Madrid bajo la protección del gobierno de La Habana en contubernio con Ramón Sernada. (Nota de los señores Lorenzo y Echurre en 1999.)[26]

26. Definir a Kokó Salás como un vulgar delincuente a la manera del señor Sernada es subestimar su personalidad y su importancia histórica. Kokó Salás (nunca sabremos si fue un hombre o una mujer) fue una persona culta y superdotada dedicada al espionaje internacional al servicio del Kremlin. Bajo las órdenes del general entregista Victorio Garrati, intrigó y conspiró infatigablemente hasta lograr la anexión de Italia y Grecia (año 2011) a la Unión Soviética. Para mayor información véase *La Matahari* (sic) *de Holguin*, escrito por Teodoro Tapia. (Nota de los editores en el 2025).

III
TERCER VIAJE

VIAJE A LA HABANA

¡Sólo encuentro un montón de piedras sin vida
y un recuerdo vivo!

Condesa de Merlin, La Habana.

Santa Fe. La Habana, noviembre 3 de 1994.

Querido Ismael:

 Aunque ya hace mucho tiempo que no tengo noticias tuyas, y lo más probable es que nunca recibas esta carta, te escribo para decirte que nuestro hijo, Ismaelito, ya cumplió veintitrés años y que a cada rato pregunta por ti. Y yo también me pregunto qué haces, cómo vives, si todavía te acuerdas de nosotros, de mí. Tú sabes, tienes que saberlo, cómo está esto por acá. Ahora muchos cubanos de allá vienen otra vez de visita. No te pido que lo hagas, pero si te decides, sabes que aquí puedes quedarte todo el tiempo que quieras. Creo que para un hijo es siempre necesario ver a su padre aunque sea una sola vez en su vida. Y yo también quisiera verte. Yo no he vuelto a casarme, pero no te asustes, nunca lo volveré a hacer. Ven como un amigo. Aquí nadie se acuerda de ti, salvo, desde luego, tu hijo y yo.

 Elvia.

P. D. Por si te decides a venir (sé que te decidirás), Ismaelito ha hecho una lista de cosas que quiere que le traigas si puedes. Ya tú sabes, a su edad todo joven quisiera tener un par de zapatos y alguna ropa de salir. Por si no lo recuerdas, ayer hizo quince años que te fuiste.

Nevaba tan copiosamente que desde la ventana toda la ciudad desaparecía por momentos, envuelta en aquella ráfaga de blancura. A veces la nieve no caía, sino que, súbitamente, se elevaba en torbellinos silenciosos. Desde hacía varias horas nevaba de esa forma, como si del cielo hubiese descendido un frío sin tiempo para quedarse definitivamente sobre el paisaje. Desde la ventana, Ismael podía ver, cuando la tempestad se lo permitía, todos los techos absolutamente blancos; las blancas calles con los autos estacionados ya desapareciendo en lo blanco. La Novena Avenida ya no era una calle comercial y latina, sino un río congelado y pacífico, tan inmóvil como el Hudson, que un poco más abajo era también una enorme explanada blanca desde la cual ascendía Nueva Jersey, una simple cordillera blanca... Desde luego, pensaba Ismael, si en vez de aquel viejo apartamento del West Side (un quinto piso sin ascensor) habitase en alguna elegante torre del East Side o junto a la Quinta Avenida o al Parque Central, el panorama que sus ojos estuvieran contemplando sería aún más impresionante. Pero al menos, se dijo, la blancura es igual para todo el mundo, aunque sea mientras dure la tormenta y la gente y los carros no conviertan todo aquello en un fanguero helado y grisáceo... Una vez más el espectáculo de la nieve lo fascinaba e intrigaba: ¿Cómo llamar «tormenta» a algo que caía tan majestuosa y suavemente Por otra parte: ¿Cómo decir que *caía* si más bien flotaba, se posaba, y a veces, incluso, ascendía. Tampoco podía decirse que cayera torrencialmente pues entre más espesa fuera la caída más unánime era la sensación de serenidad. Un aguacero, una granizada, por ejemplo, sí podían ser fuertes, torrenciales, violentos. Pero, cómo calificar de *torrencial* a algo que descendía tan suavemente y, sobre todo, con tanto silencio. El silencio, ese unánime silencio (y estaba en la ciudad más populosa del mundo) que se producía mientras nevaba, era lo que más le fascinaba. Pero, ¿no había una teoría que explicase el fenómeno? Sin duda la había. Pero existía una enorme diferencia entre aquella teoría y los efectos de este silencio... Ahora volvía el torbellino (¿Pero no dijimos ya que no se trataba específicamente de un torbellino?) a inundar todo el aire, todo el cielo. Ismael pegó la nariz y lo ojos a la ventana y sintió, a pesar del frío que traspasaba el cristal, algo cálido y suave, remoto y único (y por lo tanto efímero), que de alguna forma lo compensaba de todo lo demás, y así mientras suavemente aquello subía y descendía rozando el cristal, donde Ismael permanecía extasiado, le decía: has triunfado, has triunfado, es decir, aún no has perecido, porque si algún acto heroico merece atención es el de haber sobrevivido un día más... E Ismael recordó, sintió, volvió a pensar en su cálido país treinta años atrás, y él allá, intentando como siempre no perecer. Y allí sí que era difícil observar todas las reglas de la supervivencia; sobre todo cuando se es joven, cuando se desea y sueña... Cuando se desea y sueña y se vive en un sitio donde salir a la calle con un pantalón de marca extranjera es ya un acto delictivo; cuando se desea y sueña, por lo demás, obtener ese pantalón, lo cual también es algo casi imposible... Y allá estaba él, con treinta años o menos queriendo precisamente demostrar que admiraba lo que aborrecía, que aborrecía lo que verdaderamente deseaba, y entre esos deseos entraban los más decisivos y los que allí nunca podría confesar: aquellos rotundos muchachos que a pesar de tantas leyes promulgadas para aniquilarlos, proliferaban en forma inminente e ineludible por todos los sitios. *Qué gesto, qué expresión de indiferencia, de desprecio o de despreocupada camaradería, hacer ante ellos para que el que me vigila se dé por derrotado y no pueda consignar en su agenda: «maricón»...* Y él bien sabía que sólo con la unción a uno de aquellos cuerpos varoniles y jóvenes encontrarían sus furias algún sosiego; pero su voluntad, aún más fuerte que su tragedia o su posible felicidad, le permitió controlarse ante los gestos promisorios y hasta ante las abiertas, peligrosísimas, proposiciones que los más atrevidos, o los policías que funcionaban como agentes provocadores, llegaron a hacerle. Pero no bastaba solamente evitar todo vínculo sospechoso con algún joven que pudiera comprometerlo, había que reafirmar esa actitud en la práctica, ante la opinión pública; dar el ejemplo. Y así fue como Ismael se hizo *novio* (la palabra en sí misma le resultaba ridículo) de Elvia y, al cabo de unos meses, *esposo* (y esta palabra sí que le era realmente intolerable) de aquella mujer que parecía idolatrarlo. Cuánta soledad cuando precisamente lo suponían plenamente acompañado, qué necesidad de

102

amor cuanto todos pensaban, hasta la misma esposa, que él gozaba del amor absoluto, *qué esfuerzo, y a todas éstas sin que pareciera que era un esfuerzo, para abrazarla y poseerla varonilmente, satisfaciéndola, simulando mi gozo, sin que remotamente comprendiera cuánto necesitaba yo también un cuerpo como el que ella abrazaba...* Pero aún las cosas no estaban completamente arregladas —y ya Ismael ocupaba un pequeño cargo burocrático— a la vista de muchos, de la jefa de personal, por ejemplo, del administrador, por ejemplo; a la vista de casi todos, pensaba, aún soy, aún puedo ser, un sospechoso; pueden creer, se decía, que este matrimonio con faldas largas, pastel, fotografía y toda la familia presente, no haya sido más que una pantalla, un acuerdo, una boda por conveniencia, y yo realmente no sea lo que aparento. Así, para cubrir todas las reglas, tuvo un hijo. Y por dos años la familia vivió al parecer apaciblemente. Ismael llegó a sentir verdadero afecto hacia Elvia. Ella, sin hacer aspavientos, lo adoraba. Quizás, pensaba Ismael para consolarse, le sucede así a todos los demás: un dominarse, un contenerse, un no llegar nunca a romper el reglamento, una complicidad nunca manifestada, un no precipitarse, un no existir, sabiendo siempre que de hacerlo no tendríamos escapatorias; un juego, un juego, un juego horrible pero imprescindible, porque si algo no perdona la vida es que la vivamos. Y en ese estado de desesperación donde la misma desesperación se ahoga y olvida ante el panorama de todos los deberes cotidianos (el niño, el trabajo, la cola, la guardia), aquella soledad, aquel deseo, aquel mandato de ser acariciado por alguien como él, fue también casi olvidándose, *o lentamente expirando ante el nuevo televisor que en el trabajo nos autorizan a comprar, ante el apartamento que finalmente nos autorizaron a ocupar, cerca del mar, donde había transcurrido toda mi juventud*, ante el cumpleaños de Ismaelito o la posibilidad remota de que en un futuro les autorizaran a comprar un automóvil... Pero un día, Elvia quiso visitar a sus familiares en el interior, sintió deseos de mostrarles a Ismaelito a todos sus parientes (el niño era muy hermoso), sintió deseos, aunque quizás nunca lo supo, de estar sola, en otro sitio, y se marchó a casa de sus padres por una semana. El primer día, Ismael lo pasó encerrado en la casa sin saber qué hacer. Ya no era el muchacho solitario que vagaba por las playas de Marianao, oyendo de paso alguna conversación, mirando furtivamente hacia algún cuerpo, pero sin compartir con nadie, sin dejarse descubrir por los demás. Se preparó, como pudo, algo de comer y luego se acostó a dormir. Por la madrugada se despertó y dudó si allí vivía alguien más que él, hasta que comprendió que ya no era tampoco aquel joven con su pequeño cuarto, al menos para él y con su inmensa soledad, al menos para él. Y mirando el apartamento, tan pulcramente ordenado por Elvia; muebles, cojines, plantas, todo eso obtenido con tantos esfuerzos (había una cortina hecha con cajas de fósforos vacías), Ismael sintió pena, no por él —por quien la sentía siempre— sino por ella, por Elvia; toda su vida, pensó, dedicada a alguien que no existe, viviendo para alguien que no es, amando a alguien que no es, haciéndole de esposa, de mujer, de madre a una sombra. Y no solamente sintió lástima por ella y, desde luego, por sí mismo, *sino que me sentí miserable y cobarde por haberla hecho participar en aquella farsa* de la cual ahora él ya no sabía cómo escapar. Pero, después de todo, se dijo, ¿acaso no es ella feliz conmigo, acaso no le soy fiel, muy fiel en todos los aspectos? Nunca se ha quejado, ni le he dado motivos para hacerlo. Soy, pensó, y no pudo evitar sonreírse, un marido ideal. Entonces salió a la calle, es decir, a aquellos callejones soleados llenos de arena y casas de madera tras las cuales retumbaba el mar. En una de las esquinas estaba un joven, uno de los tantos muchachos que parecen surgir del mismo mar, ensimismado en su indolencia, ofreciéndose sin ofrecerse, llamándolo sin siquiera decirle media palabra. Ven, ven, ahora mismo ven aquí... *Sí, ya sé que otros podrán decir que han sentido lo mismo o algo parecido, pero lo que yo sentía era precisamente único porque era mi sentimiento. Y ese sentimiento me decía que aquel muchacho me estaba esperando, que esa manera de sonreírse al yo pasar, de estirar a un más las piernas, de recostarse a la pared de la esquina; todo eso estaba dedicado —deparado—, quizás desde hacía muchos siglos, exclusivamente a mí, y que ese momento, por múltiples razones, incluyendo la ausencia de Elvia y del niño y hasta la misma calle súbitamente vacía, era mi momento, el único que quizás en toda mi vida iba a ser exclusivamente mío. Ya sé, ya sé, ya sé que no es así. Pero es así...* Ismael saludó al joven y éste con mucha desenvoltura le extendió un mano y dijo llamarse Sergio. Caminaron un corto tramo bajo los portales de madera. Sergio le preguntó que si vivía en Santa Fe. Ismael no pudo negarlo e incluso señaló para la calle donde estaba su apartamento. Sergio preguntó entonces que si vivía sólo. Sí, ahora estoy solo, dijo Ismael. Es por aquí, agregó. Y los dos subieron hasta el apartamento. No hubo mayores preámbulos, ningún tipo de comentarios o preguntas. Sergio no era Sergio. Era como una aparición, como una compensación, como algo previsto por el tiempo quizás por los dioses o por lo menos por algún dios

104

piadoso, por alguna marica divina, por alguien que a pesar de todo quería y lograba que uno no fuese completamente desdichado. Y al desabrocharle la camisa, Ismael supo que aquel joven no era una aparición, sino algo más rotundo e inefable a la vez: un cuerpo real, un joven y bello cuerpo deseoso de ofrecerse. Se amaron desenfrenadamente, como si ambos (también Sergio) viniesen de tortuosos caminos de abstinencia obligatoria. Abrazados se revolcaron en la sobrecama tejida por la misma Elvia, entre las sábanas almidonadas y también planchadas por Elvia; cayeron sobre el piso y volvieron a abrazarse y a poseerse entre ronquidos de placer mientras tropezaban con la cuna de Ismaelito que rodó hasta chocar contra el espejo del cuarto que reflejaba los cuerpos desnudos. Así, en el suelo, todavía abrazados, se quedaron por un rato. No se trata de una compensación o de un desahogo, pensó Ismael (la cabeza todavía colocada sobre el vientre del muchacho), es la felicidad, algo que no volverá a repetirse nunca y que no es necesario que se repita; al contrario, que no debe repetirse nunca para que siempre sea la felicidad. Despacio, Sergio apartó la cabeza de Ismael de su vientre, y aún excitado, dando testimonio de los dieciocho años que en cierto momento dijo tener, se puso la ropa y despidiéndose apresuradamente se marchó. Desnudo, tirado sobre el piso, apoyándose entre algunos cojines, Ismael se quedó solo en la habitación matrimonial, disfrutando toda la escena que acaba de ocurrir, disfrutando ahora más que en el momento en que ocurrió. Hasta que escuchó que alguien tocaba con fuerza a la puerta. Todavía por un momento, Ismael se quedó ensimismado en el piso. Pero las llamadas insistían y pensando que podía ser alguna vecina que solicitaba algo de Elvia, un sobre de café, una cuchara de manteca, se tiró encima la sobrecama y fue a abrir. Junto a la puerta estaba Sergio acompañado de dos milicianos con brazaletes, la presidenta del C.D.R. y más atrás un policía. *No sé que tiempo estuve así, tirado en el piso abrazado a los cojines hechos por las manos de Elvia, siempre pensando, o más bien sintiendo (porque en ese momento no se piensa), sintiendo: la dicha, la dicha la verdadera dicha, mucho más grande, mucho más grande a medida que pase el tiempo y lo recuerde. No, no sé que tiempo estuve así, quizás sólo el necesario para que el muchacho regresara con la policía, tocara a la puerta y señalando para Ismael envuelto en la* sobrecama dijera: Es él, este señor me invitó a su casa e inmediatamente se me tiró al rabo. *No, no sé qué tiempo estuve así, sin decir nada, la sobrecama cubriéndome hasta los tobillos, el muchacho frente a mí señalándome con un*

105

gesto de odio, detrás la vieja del C.D.R. mirando fijamente a Ismael intentaba darse a la fuga: *¿Qué tiempo, qué tiempo estuve así? Toda mi vida, toda mi vida, desde ese momento hasta ahora aquí junto a la nieve, desde ese momento hasta que muera aquí, y me pudra (o no me pudra) bajo la nieve.* De todos modos no pudo haber sido mucho tiempo, pues el muchacho que era del vecindario y de una familia integrada al sistema, volvió a testificar rápidamente la acusación, y como si eso fuera poco allí estaba Ismael semidesnudo, dando pruebas de su inmoralidad, y más allá la cama revuelta, las sábanas tiradas por el piso y hasta un olor a sexo, a un reciente combate erótico, flotando en el aire. Todo eso fue cogido al vuelo por la presidenta del C.D.R. quien dueña de la situación, y al parecer ya del apartamento, avanzó resuelta hacia Ismael... Aquello fue un verdadero escándalo en todo el pueblo de Santa Fe. Que lo hubiera hecho otro, un pájaro común, un maricón reconocido, alguien que estuviera definido, pero Ismael, él que era incluso jefe de los círculos de estudio del C.D.R., un hombre que parecía tan serio, tan moral, que parecía tan hombre, y con un niño, con un muchacho de buena familia y que tenía, según él mismo confesó, solo diecisiete años; uno menos que los que Ismael recordaba haberle oído decir cuando se conocieron. Hasta las locas comunes, aquellas que pagaban el precio de su autenticidad con el campo de concentración o los trabajos más indeseables, aprovecharon la oportunidad para desquitarse y levantar un poco la imagen de ellos, incapaces, según confesaban, de violar (pues ya se hablaba de violación) a un menor de edad, *pero todos esos comentarios yo sólo pude imaginarlos en la celda común donde estaba incomunicado. Y cuando llegué allí, cuando me encerraron como un criminal verdaderamente peligroso, sentí hasta una suerte de descanso, un desprendimiento: Al menos, me dije, ya todo ha concluido.* Pero, en realidad, para Ismael las cosas no habían concluido, sino que, por el contrario, podría decirse que empezaban. Llegó el día del juicio y esposado y pelado al rape, fue presentado ante el Tribunal Provincial de La Habana; escoltado lo sentaron en el sitio de los acusados donde podía ser visto por un público numerosísimo; en realidad casi todo el pueblo de Santa Fe (algunos de los vecinos iban como testigos de cargo). Entre ese público, en primera fila, estaban Elvia e Ismaelito, los dos mirándolo fijamente (hasta el niño que sólo tenía dos años de edad), no con odio, no con desprecio, sino con lástima, con verdadera pena. Y eso era aún más insoportable... La secretaria del tribunal leyó rápidamente los cargos, corrupción de menores, intento de violación en las personas en lugar cerrado, a las que siguieron otra serie de acápites y por cuantos que agrandaban el crimen. Cuando fue llamado el acusador, es decir, Sergio, este compareció vestido correctamente con su uniforme de estudiante de Secundaria Básica, hasta el pelo, antes revuelto y libre, ahora venía envaselinado y pegado a la cabeza. Sus declaraciones fueron breves y contundentes. Aquel señor —señalaba para Ismael— lo había invitado a su casa para darle un libro. Él fue y cuando llegó, el otro se le abalanzó a la portañuela. Ante la pregunta del presidente del tribunal, solemnemente cubierto con su larga toga, de si ¿te la mamó o no te la mamó?, algunos en el público no pudieron evitar la carcajada. Sergio enrojeció y dijo que no, que había intentado hacerlo, pero que él, como hombre, le había dado un golpe y entonces Ismael intentó también pegarle, forzarlo, se produjo una pequeña y violenta batalla, luego él salió a escape y llamó a la policía. Finalmente, el presidente del tribunal le dijo a Sergio que podía retirarse. El muchacho, al abandonar la sala, miró fijamente a Ismael, y de alguna manera que el resto del público no pudo notar, pero Ismael sí, le sonrió. Tomó entonces la palabra el abogado de la defensa, un viejo al parecer casi honesto, que Elvia había contratado en un bufete colectivo. Esgrimió ante el jurado todos los certificados, bonos y premios que Ismael había obtenido en sus numerosas jornadas voluntarias en la agricultura. Es un hombre, señores, dijo alzando la voz, que ha participado en siete zafras del pueblo, incluso en una brigada millonaria, su condición revolucionaria es intachable. Pero aquí el fiscal lo interrumpió: ¿Cómo podía llamar «hombre revolucionario» a alguien que estaba acusado, con testigo directo, de un acto contranatura? Y el presidente del tribunal le ordenó al abogado de la defensa que se limitara a presentar las pruebas concretas de descargo sobre el caso. Éste dijo entonces que el acusado no podía ser incriminado de violación porque, evidentemente, no la había habido y como prueba bastaban las palabras del mismo denunciantes tampoco podía inculparse a Ismael de corrupción de menores porque dicha corrupción no se llevó a cabo, además —dijo el abogado esgrimiendo un papel—, el joven, aunque declaró tener diecisiete años, tiene dieciocho cumplidos y sus acusaciones no están apoyadas por ningún testigo presencial, por lo cual, concluyó, pedía la absolución del acusado. Pero el fiscal precisó que de acuerdo con el código de defensa social vigente, en los casos de perversión sexual, bastaba el testimonio de la víctima para el arresto y encausamiento, y poniéndose los espejuelos citó el acápite de dicho código. Luego hizo comparecer a la presidente del

C.D.R. y al policía que arrestó a Ismael, los cuales manifestaron que el acusado se encontraba desnudo y que evidentemente en toda la habitación había señales de haber tenido lugar una batalla. (Aquí las risas del público llegaron hasta los oídos de Elvia y de Ismaelito y, desde luego, del acusado.) En conclusión, señores, se trata de un flagrante hecho de corrupción e intento de violación, al cual, el joven, estudiante integrado y de familia revolucionaria, respondió varonilmente dando un buen golpe; también el golpe de la justicia debe caer sobre este tipo de persona sin escrúpulos ni moral que no respeta ni siquiera a su propia familia, ni a su esposa ni a su hijo pequeño. Yo pido por lo tanto un castigo ejemplar de acuerdo con la ley y la moral de nuestra sociedad revolucionaria... Al final hubo aplausos. *Sé que hubo aplausos cuando terminó el fiscal su discurso. Entonces se me ordenó ponerme de pie.* Se oyeron algunos chiflidos. El juicio queda concluso para dictar sentencia dijo el presidente entre el guirigay de los que le gritaban a Ismael, *algunos intentaron abofetearme,* y las miradas de Elvia y de Ismaelito. *De allí fue conducido hasta la prisión de El Morro y llevado a una galera con 250 presos comunes, condenados por variadísimos delitos que oscilaban desde la falsificación de una libreta de racionamiento hasta la estrangulación de la esposa o de la madre.* Al parecer los mismos guardias que escoltaron a Ismael difundieron su delito entre los presidiarios, pues inmediatamente que llegó a la galera fue apodado con el nombre de La Ternera —según decían los presos más duchos, por la maestría con que Ismael mamaba. Pero lo cierto es que allí, rodeado de doscientos cincuenta hombres, todos deseosos de fornicar, Ismael evitó casi heroicamente cualquier contacto sexual, negándose a ello aún a riesgo de perder la vida. De modo que los presos llegaron a tomarlo por un loco y los argumentos que esgrimían eran contundentes: Si ahora que está condenado públicamente se niega a singar con los machos y cuando era un padre de familia lo hacía, es señal de que no solamente es una loca sino un loco, un tostao. Y bajo esta nueva clasificación, Ismael, encaramado en la última litera del pasillo, permaneció así casi sin moverse hasta que se le comunicó la sentencia: «Tres años de privación de libertad por abusos lascivos en las personas». *Sí, en las personas, porque al parecer, y así era, también uno podía ser condenado por praticar abusos lascivos con los animales y también con las cosas...* Un día, aunque Ismael no salía nunca al lugar donde se recibían a las visitas (una explanada cercada de alambre situada a un lado de la prisión), un guardia le comunicó que lo acompañara. Ismael, sin saber de qué se trataba lo siguió. Lo llevaron hasta la explanada donde estaban los presos con sus familiares. Entre ellos estaba Elvia con una jaba y el niño en brazos. El alboroto que hacían los doscientos cincuenta presidiarios y casi quinientos visitantes se paralizó. «Ahí está la mujer del cherna», dijo alguien. «Buena tortillera debe ser», dijo otra voz. «Y con el hijo, qué inmoralidad»... Pero luego hasta esos comentarios cesaron. Elvia vio a su esposo rapado, envuelto en un mono azul y soltando la jaba lo abrazó. Que tela tan dura —dijo mientras le arreglaba el cuello del uniforme—, y con estos calores... Y puso la cabeza entre los hombros de Ismael y lloró hasta empaparle aquella «tela tan dura», mientras el niño, quizás por un simple instinto de imitación o asustado al ver a tanta gente, comenzó también a llorar. Llévate la jaba, llévate al niño y no vuelvas más, le dijo Ismael aún abrazándola. Nunca pensé que fueras a venir, pero ahora mismo le voy a decir al oficial de guardia que no acepto visitas, ¿me oíste? Sí, sí, dijo ella sin mirarlo, y en medio de un silencio general caminó hasta la puerta; antes de salir se volvió y le regaló la jaba a uno de los presos. Inmediatamente una estruendosa euforia se desató entre todos los reos. El agraciado con la jaba comenzó a repartir sus productos, tiraba caramelos, galletas, una barra de dulce de guayaba, un paquete de gofio y hasta varias latas de leche condensada; cosas que todos los demás se disputaban a gritos y luego volvían a lanzarse, como en un extraño juego de pelotas. De esta manera, Ismael pasó inadvertido y con el permiso del oficial de guardia volvió a su galera. *Al otro día salí en cordillera, es decir con otros cientos de presidiarios, para un campo abierto, es decir para un campo de trabajo forzado.* No, no se trataba de darse por vencido, se trataba sencillamente de una vez más sobrevivir; resistir el trabajo, el frío, el calor, las madrugadas, los golpes, el hambre, y, sobre todo, resistir a esos espléndidos, aunque esclavizados, cuerpos de los jóvenes presidiarios (reclutas desertores, obreros indisciplinados, estudiantes que cometieron infracciones en los exámenes, tractoristas que no cuidaron fielmente su maquinaria, o simplemente hampones magníficos), eludirlos, jamás mirarlos, pues sabía, ahora sí que no le quedaba la menor duda, que toda entrega, aún la más apasionada y sincera, es una maldición en un sitio donde precisamente sólo la hipocresía nos conduce al triunfo, es decir a la supervivencia. Y allí estaban ellos, insinuantes y sudorosos, inminentes y lascivos (seguramente conocían la historia de Ismael) a la hora del baño colectivo, en los urinarios, en el mismo barracón: sobándose los testículos y, los más audaces, invitándolo a caminar por entre los matorrales o a fumarse un cigarro detrás de los baños. *Pero ahora sí que nadie me va a venir con ningún tipo de historia, el más ingenuo, el más amoroso, el más inocente es siempre el más malvado.* Además, pensaba, mi mundo no es éste, esos gestos procaces, esa manera vulgar y evidente de tocarse el sexo, esa confianza autootorgada por el simple hecho de saber que no son las mujeres el objeto de mi preferencia sexual. Mi mundo no está en esta isla condenada, ni mucho menos entre esos cuerpos condenados. Mi mundo está fuera de esta isla maldita; y si sólo me queda el infierno, si para gente como yo sólo existe el infierno, no quiero que ese infierno tenga aquí su sitio. Primero que nada debo salir de aquí. Después escogeré o me adaptaré a la desgracia que más me convenga. Pero Ismael sabía que no es fácil salir de un sitio donde todo el mundo no piensa más que en eso, y, por lo mismo, intentarlo es ya un delito. *Fue una suerte que como «lacra social», como «apátrida» que deseaba abandonar la revolución, como «gusano», me enviaran, una vez cumplida la sentencia, a una granja henequenera, al norte de Matanzas, hasta que me llegara el permiso de salida.* Ahora su problema no era el riguroso trabajo obligatorio que allí también debía realizar (a los que no cumplían las metas se le retardaba el turno de salida del país) sino los dos días de pase que tenía todos los meses: A dónde iba a ir. Como casi siempre renunciaba a estos días de descanso reglamentario, una vez el jefe de reeducación (hasta allí llegaba el proselitismo político) se le acercó, e intentó convencerlo para que se integrase al «carro de la revolución». Mire, le dijo Ismael tranquilamente, si yo he trabajado hasta los días de descanso es porque aspiro a que esos días me los descuenten de los que tengo que esperar para largarme de aquí. *Y con esto bastó para que el reeducador no me volviera a molestar.* Muchas veces desde niño, desde adolescente, desde joven, desde recluta, desde hombre integrado a ese «carro de la revolución» desde presidiario en un cañaveral o desde trabajador forzado en aquel campo de henequén, Ismael se había quedado extasiado ante el vuelo de un avión que ascendía hasta perderse más allá de las nubes. Muchas veces en pleno campo, cortando aquellas hojas punzantes, él y todos los demás se quedaban paralizados, como embobecidos, mirando la nave centellear contra el cielo, y hasta el estruendo de los motores era un canto, una llamada, algo que probaba que aún existían otros sitios donde uno podía escoger la esclavitud que mejor desease, donde todo no sería un vasto campo de henequén para ser recolectado. Allá voy, allá voy, allá voy, decía el avión. Allá voy con gente afortunada, realmente afortunada, aunque no lleven más que las ropas que traen puestas, aunque toda su vida quede atrás, pero han alzado el vuelo conmigo, parten, parten, no han sucumbido, no han sucumbido, no han sucumbido porque vuelven a empezar... «Arriba, gusanos, pónganse a trabajar o los borro de la lista de salida», gritaba entonces el jefe de brigada que era también un militar, y todos volvían afanosamente al surco, pero pensando, mientras miraban de reojo al jefe de brigada: algún día yo estaré en ese avión y tú te quedarás aquí abajo con tus matas de henequén... Y ahora Ismael estaba en el avión y ahora había al fin alzado el vuelo y ahora recorría aún atemorizado, pero hechizado, las calles de Nueva York. Pues aunque de casi nada de lo que había dejado atrás podía olvidarse, si de algo realmente no podía deshacerse era del miedo, y, desde luego, del odio, al principio, decía, aunque ya habían pasado más de dos años de su llegada, soñaba siempre el mismo sueño o una cadena sucesiva de sueños que se alternaban y repetían noche a noche. Misteriosamente, sin saber por qué ni cómo, estaba de nuevo en Cuba. Aunque ya había salido de allí, no sabía por qué error, por qué maldición, había ido a parar de nuevo a aquel sitio, y ahora, desde luego, no podía salir, y ahora de nuevo tocaba la policía a su casa para conducirlo al tribunal y luego a la celda y después al campo de trabajo. Otras veces soñaba que estaba en Nueva York (ya habían pasado más de tres eaños de su llegada) pero de pronto se despertaba rodeado por agentes de la policía secreta cubana y antes de que pudiera incorporarse en la cama, aquellos agentes, con sobretodos y caras inmutables, sacaban sus armas y lo asesinaban. Cuando se despertaba estaba bañado en sudor aunque la temperatura estuviese bajo cero, sudor que él se secaba con alegría, pensando: no es sangre, no es sangre. Fue durante esa etapa cuando se afilió a varias organizaciones políticas. *Cuando asistí a todos los mítines contra el régimen de Fidel Castro que se celebraban en Nueva York y hasta en Miami. Participaba en todas las protestas contra el régimen, y contra los que aquí lo defendían sin padecer sus calamidades. En plena calle me paraba a darle charlas o a insultar a esa gente imbécil o perversa. Tenía que hacer algo, tenía que hacer algo, no podía dejar que aquel infierno llegase hasta aquí donde yo, desesperadamente, me había refugiado, quizás en el único sitio donde ya podía guarecerme.* Pero al cabo de cinco o seis años (ya hablaba un inglés coloquial que le resolvía todas sus necesidades). Ismael se retiró súbitamente de los eventos políticos, no era que hubiese dejado de aborrecer al castrismo, *por el contrario, cada día, cada minuto, mi desprecio contra el régimen es mayor*, pero llegó a la conclusión de que con aquellos métodos nada iba a resolver. El mismo sistema democrático, los mismos Estados Unidos, por ser un país libre, eran de hecho los mejores aliados del crimen, sencillamente porque para poder seguir siendo (presumir ser) un sistema democrático tenía que permitir de una u otra forma (no importa cual) que los criminales lo invadiesen. El mismo F.B.I. había arrestado a algunos de los compañeros de Ismael que habían participado en un «acto terrorista», así se le llamaba a lo que para él, para todo el que hubiera padecido el terror y el crimen, era un acto de justicia, o de protesta contra la injusticia. *La política es siempre un juego sucio, pero aquí es, además de eso, un juego estúpido y suicida. Y basta,* terminó diciéndole a sus conocidos en los círculos políticos en el exilio; conocidos, pues amigo no tuvo ninguno. Al fin, pensaba, se había podido desprender de todo vínculo con la isla, y se sentía en paz consigo mismo por esa decisión. Y estaba realmente satisfecho con esa separación que lo alejaba rotundamente de todos los cubanos. *¿Pues acaso piensan ustedes que Fidel Castro surgió por generación espontánea? Todo lo contrario, Fidel Castro, la dictadura que allí se padece, los crímenes que allí se sufren, son sencillamente las consecuencias lógicas de nuestra tradición, una tradición vinculada a la miseria, el chantaje, la inescrupulosidad, la sinvergüenzura, el robo y la demagogia. Las razones porque en Miami no hay una dictadura es sencillamente porque no es una isla y porque está en los Estados Unidos...* Y ante esas manifestaciones, ningún grupo político del exilio quizo saber más nada de Ismael, por el contrario, ya en algunos círculos se comenzaba a difundir el rumor de que tal vez (casi seguro) podía ser un agente infiltrado, un provocador, quién sabe... *Pero a mí todo eso me importa un pito. Aquí están mis quince años de trabajo diario, aquí están los comprobantes de todos los impuestos que reglamentariamente he pagado día tras día, y aquí está lo más importante, aquí estoy yo sobreviviendo al margen de todo chanchullo, de todo brote, de todo barullo que en definitiva al cabo de treinta y cinco años nada ha resuelto. Pobre gente, buena gente en definitiva, que de una u otra manera han perecido, viviendo siempre en una suerte de vaivén, ni aquí ni allá, recordando y viviendo siempre lo que no existe, muriéndose día a día de nostalgia, sin reventar, como sería mejor para ellos, de un solo estallido. Porque si algo enseña el exilio, es decir la libertad, es que la felicidad no consiste en ser feliz, sino en poder elegir nuestras desgracias...* Y él sí las había elegido. Lo primero que se prometió cuando llegó a Nueva York fue no perecer; luego, no entregarse nunca a nadie; después, encontrar la paz. La paz, ese era el centro verdadero de toda su vida. Y ese centro, esa paz, sólo cabía en una palabra, esa magnífica palabra que todos quieren rechazar y que es la única que nos salva: soledad. No entregarse a más nadie que no sea a sí mismo, no vivir para nadie más que no sea para él mismo y, sobre todo, no tratar de expulsar la soledad, sino todo lo contrario, buscarla, perseguirla, defenderla como un tesoro. *Porque de lo que se trata no es de renunciar al amor, sino de darlo por descartado, comprender que no existe esa posibilidad y luego disfrutar ese conocimiento.* A menudo salía a la calle precisamente para pasear su soledad, para disfrutarla. Al caminar por Broadway o por la calle 42, no podía dejar de sentir una enorme piedad hacia los solitarios como él, pero que, a diferencia de él, no habían podido sobrellevar la soledad, y por ahí deambulaban, de cine pornográfico en cine pornográfico, en caravana larga y desesperada. *También están los vabundos, esos solitarios vencidos por la soledad, solitarios burlados por la soledad, pues nunca se está solo, pero tampoco acompañado, cuando se duerme en un parque o en un portal.* El colmo de su angustia llegaba cuando se tropezaba (y eso era lo frecuente) con algún drogadicto o un borracho ya en estado seminconsciente, y cuando caía finalmente en medio del tumulto, bocarriba, en plena acera congestionada, ya en otro mundo, quizás hasta muerto, Ismael pensaba hasta qué punto aquella soledad, que podía haber sido para esa persona un triunfo, se convirtió en un peso insoportable que terminó aplastándolo. Pero ese no es mi caso, se decía, quizás para animarse, porque yo sé cual es el sentido de la vida porque yo sí he sufrido verdaderamente, porque yo sí he visto lo que es verdaderamente el horror, lo que es verdaderamente el desamparo, la incomunicación la gran soledad, cuando se está en una galera con doscientos o más asesinos que además te consideran un depravado y un inmoral y desde luego te desprecian. Yo he visto, yo he visto, yo sí he visto y he padecido, y como he sobrevivido, nadie me va a hacer un cuento, nadie me va a hacer un cuento a mí. *Ellos no saben nada, ellos no saben lo que les espera, ellos no saben de dónde vengo ni yo puedo explicárselo, ellos no saben lo que yo he dejado atrás y a ellos les aguarda. Ellos no están preparados. Pero yo sí lo sé, y esta ciudad, este mundo, no podrán destruirme.* Entonces —y ya han pasado quince años—, Ismael regresa a su apartamento; cierto que es modesto, pero confortable; prepara la comida, oye alguna música, lee algún libro y luego si es invierno (y aquí para él los inviernos duran casi todo el año) arregla minuciosamente su cama, se arrebuja bajo la frazada, apaga la luz y sintiendo afuera caer la nieve piensa casi feliz: *Estoy solo, estoy solo, estoy solo...* Pero ahora Ismael no está solo bajo la tibia colcha y con la luz apagada, sino de pie ante la ventana, contemplando la ciudad anegada por la nieve, y ni siquiera, a pesar del carácter meticuloso de todo solitario, se detiene a pensar si la palabra «anegada» sería la adecuada para describir una ciudad inundada por la nieve, y mucho menos piensa si no sería mejor cambiar «inundada» por «cubierta». Porque allí, cerca de él, en la mesita de noche, está la carta de Elvia, y él sabe, aunque sigue fijo ante la ventana cuyos cristales casi se han nublado completamente por el vapor de su respiración, que esa carta no es una carta, sino una especie de extraño y siniestro insecto, una serpiente, algo realmente maléfico que, escapando del infierno con sus plantaciones y humillaciones y cárceles, voló sobre aquella tormenta de nieve que supuestamente debía ampararlo a él, a Ismael, y se posó allí en su habitación, con alguna intención siniestra y probablemente mortífera. Ismael dio unos pasos por el cuarto contemplando a distancia la carta como quien mira con recelo una alimaña que en cualquier momento puede saltarle encima. Por último, tal vez comprendiendo que se trataba de un simple papel, lo tomó, y volvió a leer. «Aunque ya hace mucho tiempo que no tengo noticias tuyas.» Las mujeres, pensó, siempre con esa necesidad de tener algo, de poseer algo o de quejarse por no tener algo. «No tengo noticias tuyas.» ¿Pero es que acaso tenía que tenerlas? ¿Es que aún en estos quince años, Elvia no había podido comprender que él no sólo se fue de Cuba huyéndole a Fidel Castro, a la persecución, a las incesantes y delirantes leyes, a todos los vecinos, y aquellos muchachos insólitamente atrevidos, bellos y desalmados, *sino que me fui también huyéndole a ella? Ella con su mirada dulce, compasiva, triste, demasiado piadosa, demasiado cómplice para poder tolerarla, para poderla engañar, para poderme engañar.* Si por lo menos hubiese sido una mujer como casi todas las que había conocido, que exigiese y defendiese lo que le pertenecía, su hombre, su esposo, su marido, el padre de su hijo, su casa, y ante cualquier violación de las reglas tradicionales, hubiese manifestado a gritos, vulgarmente su desprecio. ¿Pero, cómo olvidar aquella mirada triste, casi comprensiva (si es que alguien puede comprender la tragedia ajena) el día del juicio? ¿Cómo olvidar el rostro de ella, allí en la sala, rodeada de militares, jueces que eran también militares y un público eufórico ante las pruebas evidentes contra «el maricón cogido con las manos en la masa». Y ella, en otro mundo, en medio de los gritos y las risas, mirándolo no encolerizada, sino compasiva, diciéndole con aquellos ojos enormes *eso no importa, eso no tiene ninguna*

114

importancia, mientras sostenía al niño en los brazos, que lo observaba con tanta curiosidad que a Ismael le pareció una burla, como si el niño también supiera... Y ahora, más de veinte años después, ella volvía a recordarle ese hijo, del cual también salió huyendo, ese hijo que ahora parecía como un acto lejano y ridículo, extraño a su vida. A nadie, ni siquiera a sus compañeros de trabajo, Ismael le había confesado que era casado, que tenía un hijo; por otra parte, allí a nadie le interesaba su vida privada que además no existía. Pero ella, Elvia, parecía aún interesarse por la vida privada de Ismael, parecía que de alguna forma, que él casi intuía pero que no podía explicarse, ella seguía queriéndolo. «Yo también me pregunto, qué haces, cómo vives, si todavía te acuerdas de nosotros, de mí...» E Ismael pensó, releyendo otra vez la carta, que en aquel tono, que era un poco a lo canción popular, había una sinceridad y hasta una pena a la cual él no podía, aunque lo desease, ser ajeno. Por otra parte, aquella manera de insinuar la circunstancia que allá se padecía, dicha así, como de paso, entre líneas, pensando en la censura y en la complicidad de quien leería, también lo conmovió. «Tú sabes, tienes que saberlo, cómo está esto por acá...» *Claro que lo sé, claro que lo sé, ¿acaso por saberlo, por saberlo y padecerlo antes que tú misma, no salí de allí huyendo? ¿Pero, por qué tienes que recordármelo? ¿Por qué tienes que insistir en algo que precisamente es lo que quiero olvidar? ¿Por qué precisamente escribirme ahora, volver ahora?* ¿Por qué traerle ahora otra vez aquella visión siniestra (y también amada) aquella visión que aquí era aún realidad cotidiana, cuando precisamente por huir de esa realidad lo había abandonado todo, o había tratado de abandonarlo todo, incluso los afectos y hasta el morboso placer de recordar el horror cuando ya el mismo es una pesadilla lejana e incapaz de alcanzarnos? Y luego ese atrevimiento, esa confianza tan femenina, de, sin mayores trámites, invitarlo al regreso, *como si entre aquel mundo y yo nada hubiese ocurrido, como si desde el mismo instante en que tuve que abandonar aquel mundo, mi mundo, por el mismo hecho de hacerlo, no estuviéramos ya en guerra perpetua, guerra que sólo terminará cuando alguno de los dos, aquel mundo o yo, haya desaparecido.* ¿Cómo se atrevía ahora (como si nada hubiese ocurrido, como si no lo hubiesen humillado públicamente, como si allá no lo hubiesen perseguido, vejado, acosado y condenado incesantemente) a invitarlo a volver aunque sólo fuera de visita? En la noble y corta mentalidad femenina de Elvia, pensaba, todo está ya resuelto: «Aquí nadie se acuerda de ti». *Pero yo sí me acuerdo de todo, pero yo sí me acuerdo de mí.* ¡No! ¡No iría! ¡No iría jamás! ¡Nunca más! Cómo volver al

115

lugar que nos ha marcado y destruido para siempre. *Para siempre, sí. Porque una vez que dejamos el lugar donde fuimos niños, donde fuimos jóvenes, donde pensamos, estúpidamente pensamos, que podía existir la amistad y hasta el amor; una vez que abandonamos ese sitio donde fuimos, desgraciados o ingenuamente ilusionados, pero fuimos, seremos ya para siempre una sombra, algo que existe precisamente por su inexistencia: esta sombra, esta sombra, extirpada (y sin consuelo) de su centro...* Nunca antes, desde que abandonó Cuba, por su mente había pasado la idea del regreso, y ahora esa carta, esa maldita carta, se la planteaba. Y no solamente se la planteaba, sino que taimadamente lo retaba a que fuera. Con esa inteligencia innata en algunas personas poco instruidas, Elvia sutilmente argumentaba, tironeaba: «No te pido que lo hagas, pero si te decides». Ella sabía que el pedir algo sugiriéndolo inspiraba más compasión. Y sobre todo, Ismael se detuvo de nuevo en esta frase, en estas ridículas y dramáticas líneas: «Creo que para un hijo es siempre necesario ver a su padre aunque sea una sola vez en su vida». Un hijo, así que él tenía un hijo... Y tiró otra vez la carta, el terrible bicho venenoso y contaminante, y volvió otra vez a la ventana. Todos los automóviles del vasto parqueo habían sucumbido a la blancura, los tejados y los balcones de los edificios también habían desaparecido bajo la nieve que ahora se acumulaba en las escaleras de incendio, trasformando sus armaduras mohosas y renegridas en senderos nacarados, algodonosos y relucientes que zigzagueaban como en una bella postal navideña. Cerca del cristal, Ismael veía ahora cómo la nieve se iba acumulando hasta formar pequeñas montañas tras la ventana. Alzó la vista y creyó escuchar aquella suave caída, aquel descenso de lo blanco, acumulándose sobre las aceras, sobre los árboles sin hojas, sobre el pavimento, sobre los faroles que comenzaron a encenderse a medida que avanzaba el frío y la oscuridad. ¿Por cuánto tiempo había tenido que luchar contra aquel paisaje inhóspito? El inhóspito clima, la inhóspita ciudad, la inhóspita jerga del inglés que al principio lo excluyó totalmente y que nunca podría aceptar como algo suyo. Cuántos días, cuántos años robados a la desesperación, a la soledad y a la furia, para crearse una disciplina, un método lógico de vida, una vida independiente, libre, desasida que culminara en ese pequeño ámbito de tranquilo retiro que ahora disfrutaba y que de pronto aquella breve carta había venido a sacudir... Había que ver la manera taimada con que Elvia iba apoderándose de su conciencia; lentamente, discretamente iba avanzando por las líneas para finalmente lanzarse, ya segura, sobre su presa en la postdata cuando

116

escribía «por si te decides (sé que te decidirás)». ¿Hasta qué punto aquella mujer que de cierta forma él había amado y, sobre todo, había hecho sufrir, lo conocía para que al cabo de quince años de ausencia, y muchos más de estar separados, se atreviese a afirmar que él iba a volver? ¿Hasta qué punto ella era él mismo? Sí, él mismo, allá, contemplándose acá, realizando tantos trabajos, padeciendo tanta crueldad, imponiéndose tantas disciplinas para no verlo a él allá, para no verse de una vez, los dos mirándose, ambos solos y desesperados, *sí, desesperados, a pesar de todo lo que haya dicho anteriormente*, esgrimiendo poderosas razones para que uno de ellos (¿El Ismael de allá? ¿El Ismael de acá?) saltase definitivamente la barrera y fuese a su encuentro... Pero de ninguna manera, por ningún motivo, se dijo otra vez, mirando la carta, volvería él allá, *ni siquiera debo pensar en eso...* «Ismaelito ha hecho una lista de cosas que quiero que le traigas». Ya aquí no se trata de un deseo, sino casi de una orden. Y como si eso fuera poco, el nombre de su hijo, Ismaelito, su propio nombre, él mismo; Ismaelito, es decir, Ismael niño... Ismaelito, como lo llamaba su madre, como lo llamaba toda su familia en el pueblo y, desde luego, sus amigos de infancia, *aquellos que nunca recuerdo, pero que nunca podré olvidar*. Y se vio no entre esta blancura desolada que petrifica hasta la misma imaginación, sino allá, en medio de una tibieza y de un paisaje resplandeciente, junto a un mar y unos árboles que eran parte de su propia vida y que la distancia ennoblecía aún más. Se vio, no como realmente había vivido o creía sólo haber vivido, esclavo, humillado, mal vestido, insatisfecho y hambriento, sino joven y entusiasmado, respirando desenfadadamente una atmósfera que no le era agresiva sino cómplice y protectora; respirando, sintiendo, disfrutando una sensación de estar, de sentirse en su sitio, en el único sitio donde realmente su existencia puede tener ese nombre. *Porque no se trata sólo de un paisaje, del mar, de un árbol o de una calle, se trata de que una vez que abandonamos esos sitios donde realmente existimos, donde nacimos, fuimos jóvenes y vivimos, nos abandonamos a nosotros mismos, dejamos para siempre de ser, y, lo que es aún peor, sin morir de una vez. Iré. No me queda otra alternativa que volver.* Y de pronto, toda aquella juventud, que cuando fue no fue como ahora la veía, lo invadió, y él quiso ser aquel joven, solitario e independiente que nadaba en un mar transparente, *no como estos de aquí fríos y cenicientos donde nunca se les ve el fondo;* quiso sentir la brisa de su tierra, *no este viento cortante que nos obliga a forrarnos con trapos de pies a cabeza*, quiso, sólo por un momento, sólo por una vez más en su vida, *en mi muerte,* pasearse por las calles donde había sido joven, donde había sido él, *no por estas calles donde siempre he sido un extraño caminando a empujones;* quiso no solamente pasearse por las calles de su barrio, de allá, sino detenerse en una esquina, tocar una pared, aquella pared, tocar un poste del tendido eléctrico, *precisamente aquél donde a veces me recostaba para esperar el ónmibus,* ver aquellos portales, sentir la brisa de la tarde entrar a sus pulmones, y cómo la noche le rozaba la piel, esa noche única del trópico; sentir que entre él y el paisaje no había hostilidad, sino, por el contrario, una dulce y sensual sensación de complicidad donde todas las fronteras quedan eliminadas; escuchar su idioma, ese ritmo intransferible, ese balanceo, no del español, sino del cubano, y no del cubano sino del lenguaje que se habla exactamente en su pueblo; pasar inadvertido entre los otros, mirando esa forma de andar, o esa manera de detenerse... Diluirse, diluirse entre ellos para no perecer. Ah, como la desesperación, y hasta el mismo odio se le habían ido enfriando con el tiempo, cómo no había podido comprender hasta ahora que para poder reforzar ese odio, disfrutar aun más su soledad se imponía un regreso al pasaje amado (donde tanto lo habían jodido) para luego abandonarlo definitivamente... Y volvió a leer la parte final de la carta de Elvia. «Todo joven quisiera tener un par de zapatos y alguna ropa de salir»... Sí, iría, iría con las maletas repletas de trapos, iría a ofrecerles a ellos (también eso, también eseo) la miseria de su generosidad, les mostraría que él tuvo razón al marcharse, que el triunfador había sido él. Ahora la misma policía que lo había despreciado y humillado sería la primera en recibirlo, amistosamente, pues ahora, al llegar no sería un «gusano» qué va, sino un miembro honorable de una comunidad en el exilio, es decir alguien que pagaba con dólares y por lo tanto había que explotarle su sentimentalismo. Sí, iría, iría a humillar a esos policías, y a demostrarse a sí mismo cuánta razón tuvo en abandonar todo aquello y, sobre todo, a comprobar de una vez y para siempre que no existe el regreso, que no puede existir, por lo menos en tanto que no se haya abolido el tiempo... Y además de todo eso, Ismael sentía una curiosidad casi morbosa por conocer a su hijo. Su hijo. Su esposa... ¿No era para morirse de risa? ¿No era para empezar a dar gritos? Sin embargo, allá estaban ellos aguardándolo, prisioneros, detenidos en el tiempo, esperando, quizás entusiasmados, el milagro (la limosna) de su regreso, esperando por él que en definitiva fue el causante de esa larga espera, el responsable de que ellos existieran; esposa, hijo, a quienes él primero había utilizado para sobrevivir y luego supo eludirlos para encontrar, y disfrutar, su

118

verdadera condición. Ahora ve y paga, aunque sea con unas cuantas maletas repletas de trapos, el bochorno y la humillación de todas sus vidas. Así pensaba, así pensaba también Ismael, quizás injustamente para consigo mismo, y pensaba también, *de ninguna manera voy a negarlo*, en el estruendo de aquel mar rompiendo contra las rocas y deshaciéndose en la arena, en La Estrella Giratoria del Coney Island en las playas de Marianao, en los pinos invariablemente verdes de la Quinta Avenida, en una figura joven, aún esbelta, aún deseada, *yo, yo, yo*, paseándose bajo aquellos árboles, pisando con fruición las hojas y la yerba húmeda... Iría, iría, pero no les anunciaría con precisión su viaje, llegaría súbitamente, cargado de paquetes, hasta el mismo pueblo de Santa Fe, a darles la sorpresa... Ismael retiró del banco los veinte mil dólares que había ahorrado durante quince años de trabajo. Desde luego que aunque el viaje era costosísimo (sólo por el pasaje había que pagar más de mil dólares), Ismael no pensaba gastar todo su dinero, pero, aún así, prefirió extraer todos sus ahorros. Pagado el pasaje y hechas las compras, que incluían efectos eléctricos y cinco maletas atestadas de ropa, le quedaron unos quince mil dólares que en lugar de reintegrarlos, al menos en parte, a su cuenta, decidió llevarlos en efectivo a La Habana donde él sabía que había tiendas especiales donde los extranjeros podrían comprar y obsequiar a sus familiares; naturalmente, tampoco pensaba gastar todo ese dinero, el resto lo traería con él a Nueva York y en algo le ayudaría a sobrellevar su ya cercana vejez. El viaje a Cuba, es decir, a La Habana, es decir, a Santa Fe, y a las playas de Marianao, que era el sitio donde había pasado su juventud, era por muchas razones excitante, no sólo por el encuentro con aquel paisaje y con su familia, sino porque durante esos quince años de exilio, Ismael jamás había salido al extranjero. Sus veinte mil dólares eran el resultado de quince años de economía, de renuncias y limitaciones, en un mundo donde con ese dinero tantas cosas se podían obtener aún, incluso, quizás, hasta un crédito para habitar una casa propia... *Pero ahora se trata de viajar a La Habana, repartir los trapos, ver aquello, reírme de todo, y regresar para instalarme aquí definitivamente, comprar si es posible una casa, jubilarme, y ya, sin una memoria que me obsesione, vivir en paz lo que me quede de vida mirando la nieve. Pero para eso, para lograr eso, para saber que eso es lo mejor y lo único a que puedo aspirar, tengo que ir allá.*

El 23 de diciembre de 1994 (¿pero quién recuerda un hecho tan insignificante y remoto?), llegó Ismael a La Habana. Como todo

119

cubano residente en los Estados Unidos que quisiera visitar su país, tuvo que entregar su pasaporte norteamericano, acogiéndose, con eventual documentación cubana, a las leyes imperantes en la isla. Después de esas formalidades, Ismael pensó que podría dirigirse directamente a casa de Elvia. Pero, según las reglas del turismo cubano —le explicó en tono más bien militar el guía que lo atendía—, Ismael debía primero, junto con el resto de los visitantes, pasar por el hotel que se le había designado y permanecer allí por lo menos una noche —aunque obligatoriamente debía pagar la semana completa que iba a permanecer en el país—; al otro día podría visitar a sus familiares. Por otra parte, la escasez de transporte hacía prácticamente imposible que Ismael se dirigiera directamente a su destino. La Empresa, así se expresaba el guía, sólo podía llevarlos hasta el hotel. Ismael llegó con todos los visitantes (unas ciento veinte personas) y el guía al hotel Tritón, edificio situado junto al mar, precisamente en el reparto Miramar, cerca de las playas de Marianao. Luego de cumplir con otras formalidades burocráticas, llenando innumerables planillas, *pude al fin subir a la habitación y depositar allí todo el equipaje por el cual tuve que pagar además de la aduana, un «monto» de tres dólares por cada libra de peso incluyendo los efectos eléctricos por los que también tuve que pagar no sé qué «prima» por el derecho a dejarlos en el país...* Ismael escondió en un sitio que él le pareció estratégico (detrás del espejo del cuarto de baño) casi todos sus dólares, cerró cuidadosamente la habitación y, luego de entregarle la llave al recepcionista, salió a la calle. Seguramente para las personas que vivían en La Habana, aquel 23 de diciembre era un día normal, un día soleado y cálido, con la ventaja de que ya los calores sofocantes habían pasado. Pero para Ismael, salir de pronto a aquella claridad, a la tibieza de aquella tarde, fue como recuperar súbitamente su juventud, como sentirse súbitamente transportado a un tiempo mágico, detenido en la espera, exclusivo para él, donde en oleadas vivificantes, algo —aquella luminosidad, aquel resplandor, aquel cielo insólitamente alto y azul— le penetraba por los poros, por la nariz, por el cabello, por la punta de los dedos y lo conminaba a avanzar, ajeno a toda sensación que no fuera andar, ver, estar. Allí estaba ya la Quinta Avenida, con su paseo en el centro por donde tantas veces él había caminado. Cada árbol parecía hacerle como una misteriosa señal de complicidad, emitiendo un susurro que le saludaba; el mismo césped, los bancos de la avenida, el tiempo, todo, también parecía saludarlo. Estaba ya frente a la playa, aquella playa donde él había pasado su juventud, los mejores momentos de su juventud, tendido en la arena o nadando mar afuera, mientras pensaba *si pudiera salir de aquí, si pudiera salir de aquí*... Y ahora regresaba, y ahora iba a entrar otra vez en esa playa; luego de quince años de ausencia. Pero dos soldados le cortaron el paso, preguntándole qué quería. Ismael les explicó que sencillamente quería llegar a la playa. Ellos le explicaron que aquello no era una playa, sino un círculo social para los trabajadores, específicamente para los trabajadores del ejército revolucionario. En otras palabras, se trataba de un club militar. ¿Esta no, era la playa pública Patricio Lumumba? Preguntó aún desconcertado Ismael. Esta es, compañero, pero ahora es un círculo social sólo para miembros del ejército. Ismael pensó alegar que él no era cubano: mejor dicho, que no era un cubano residente en Cuba, sino un turista. Tal vez así lo dejarían entrar. Pero quizás no, volvió a pensar, quizás eso complique aún más las cosas. Además, qué sentido tenía entrar a una playa ocupada sólo por militares. Ismael pidió disculpas por su equivocación. Equivocación que, por cierto, a los militares le pareció insólita, pues desde hacía más de veinte años aquella playa era un círculo exclusivo para oficiales del ejército. Este parece que llegó de la luna, oyó Ismael comentar a uno de los militares cuando ya él se marchaba, y tomando por la Tercera Avenida avanzó rumbo al Coney Island, donde también había pasado parte de su juventud. Cómo era posible que con una tarde tan bella como ésta no hubiera casi nadie en la calle, pensó Ismael. De hacer un tiempo así en Nueva York apenas si se podría dar un paso. Por otra parte, las pocas personas que veía marchaban siempre como apresuradas, rumbo a un sitio exacto, al parecer con algún fin expreso y práctico. Cómo era posible que nadie se detuviera a disfrutar del tiempo. El tiempo, lo único que realmente importaba. Y, observándolo todo, Ismael notó que los escasos caminantes lo miraban de reojo y algunos hasta con odio o resentimiento. Y al intentar dirigirle la palabra a una mujer que pasaba apresuradamente junto a él, ésta le contestó: «Yo no hablo con gusanos» y apresuró aún más el paso. Ismael se detuvo y se miró a sí mismo. ¿Llevaría alguna señal donde decía «apátrida» o algo por el estilo? Pero, ¿acaso no había entrado legalmente en el país? ¿No había pagado una buena suma de dólares con la que podría haberle dado la vuelta al mundo? Pero no todos lo miraban con desprecio, algunos, los jóvenes en su mayoría, observaban sus ropas con envidia. Ismael volvió a inspeccionarse a sí mismo. Vestía de una manera muy diferente a la gente de allí. Zapatos, camisa, pantalón, reloj, todo extranjero, y como si eso fuera poco para diferenciarlo, ahí estaba su piel, una piel más blanca y cui-

121

dada que la de las personas que pasaban por su lado. No se trataba pues de un odio patriótico, imbuido de una ideología contraria, se trataba de que lo veían como un vencedor, como un intruso, alguien que había podido salir huyendo y ahora volvía a restregarles a ellos, a aquellos cuerpos mal vestidos y mal alimentados, su triunfo, es decir el hecho de no haberse muerto de hambre y de poder vestirse pulcramente, *Sí, ese es mi triunfo y bien me lo merezco pues he tenido el coraje de largarme de este sitio donde he vuelto sólo para olvidarlo definitivamente.* ¡Y lo iba a lograr! ¡Y lo iba a lograr! Se dijo, y vio casi sin regocijo donde estaba, frente a una calle en malas condiciones, junto a edificios de fachadas despintadas, entre gente que lo miraba con odio o envidia sencillamente porque donde vivía trabajaba ocho horas y eso era suficiente para poder vestirse y comer. Y una sensación de pánico lo invadió de pronto al pesar que tal vez, por alguna de las tantas formalidades burocráticas allí imperantes, no podría salir nunca más de aquel sitio. Algo mucho peor que la muerte, pensó. Pero no, pero no, volvió a decirse mientras avanzaba. Él era ciudadano norteamericano, aun cuando provisionalmente había tenido que renunciar a esa ciudadanía para entrar en la isla; era un hombre establecido en Nueva York, tenía además el pasaje de ida y vuelta, incluso la fecha del vuelo y la hora de regreso, y tenía los dólares, su fortuna, bien escondida en el hotel. Sí, sí, ¿pero por qué tuviste que traer todos tus ahorros? ¿Qué sentido tenía esa acción? Y mientras se interrogaba a sí mismo, Ismael experimentó algo que ya casi había olvidado: la sensación de estar en un lugar donde el miedo es la única ley, la sensación de estar amenazado; y esa amenaza, impalpable, pero inminente, brotaba de los mismos árboles, se agazapaba en el aire, avanzaba con él por la acera carcomida... De todos modos, sólo estaré aquí seis días, se dijo para estimularse a sí mismo. Y siguió andando rumbo al Coney Island, cerca de la playa. Al llegar allí, Ismael experimentó otra sorpresa desagradable. Los pinos casi centenarios que rodeaban la rotonda frente al Coney Island, formando un tupido bosque, habían desaparecido. Los habían talado, y ahora se alzaba allí, un monumento militar, todo cemento y hormigón, sin un árbol. Ismael se acercó a la mole de concreto y pudo leer una placa donde explicaba que aquello se trataba de un monumento erigido en homenaje a «los países no alineados y a los combatientes internacionalistas». Decidido a no dejarse impresionar por tal armatoste y disfrutando del sol, que sí era el mismo, Ismael se dirigió finalmente al Coney Island; pero al ir a comprar el boleto, la empleada, desde su jaula, le espetó: «Compañero, la entrada es sólo para niños acompañados por sus padres». Y como Ismael la mirara sorprendido, agregó: «Esa es la orientación». Ismael no quiso discutir aquella «orientación», que después de todo, pensó para animarse, no era tan descabellada, y se conformó con mirar tras las rejas el parque infantil. Así pudo comprobar que aquellos fabulosos aparatos en los que él había montado siendo niño ya no existían; la enorme Estrella Giratoria había desaparecido. la Montaña Rusa se había (o la habían) derrumbado; El Meteoro, El Avión del Amor, La Silla Voladora, todas aquellas máquinas que para él habían sido cosas mágicas y monumentales, eran ruinas oxidadas, inválidas por la yerba, reemplazadas por carritos mínimos que giraban lentamente y donde sólo cabía un niño de pocos años. Tal parecía que allí sólo aquéllos que aún no tuvieran conciencia de la felicidad podían disfrutar de ella; para los adolescentes y para las personas mayores no había ya ningún paraíso, hasta el mismo parque había sido reducido y el resto era un manigual donde se acumulaban los escombros. De todos modos, al fondo se veía el mar, un mar luminoso donde el sol comenzaba a descender. Dejando atrás la algarabía de los niños quienes, todos con pañueletas rojas al cuello, se disputaban alguno de aquellos carritos, Ismael se dirigió hacia el mar. Se trataba de la playa La Concha, donde él había pasado los mejores momentos de su adolescencia. De todas las playas de Marianao era aquella la que más le gustaba, no sólo porque era la única que poseía arena propia, sino por los almendros que crecían a lo largo, formando una concha verde alrededor de las olas. Ahora fueron dos hombres con uniformes al parecer de camareros quienes lo interceptaron. «Carnet y comprobante sindical, compañero.» Ismael preguntó qué de qué carné y comprobante se trataba y por qué había que mostrarlos. «Este es el círculo social Braulio Coronaux», explicó uno de los empleados, «sólo para obreros del MINSAP y del MICONS que tengan carné de socio y que estén sindicalizados lo cual se demuestra con el comprobante de pago de la cuota mensual al sindicato»... Ismael caminó por toda la acera que bordeaba el Braulio Coronaux desde la cual se veía el mar ahora con mayor nitidez pues los almendros (vaya usted a saber por qué) también habían sido talados. Al final de la acera se levantaba una muralla de concreto que se adentraba en el mar, sin duda para impedir que alguna persona no sindicalizada pudiera entrar en la playa. Y a unos pocos metros de ese muro se alzaba otra mole semejante. Sin duda, otro círculo social al cual sólo podrían entrar los seleccionados. Pero al menos entre un muro y el otro había un pedregal y una porción de mar, que no de playa, al cual sorteando los erizos se podría llegar, o al menos se podrían hacer el intento. Así lo hizo Ismael y pudo tocar finalmente, después de más de veinte años las aguas de aquel mar tan amado, tan lejano, y ahora casi prohibido, por el cual, *sí, solamente por él, debo confesarlo ahora mismo,* había hecho aquel viaje. Por mucho rato, Ismael estuvo agachado frente al mar, mirando las olas que se rompían contra el pedregal, junto a sus pies ya empapados. Comenzó a oscurecer y el estruendo del oleaje se hizo más intenso. Por entre aquellos muros era imposible ver el sol, como Ismael lo hubiera querido ver: cayendo enorme y rojizo sobre el mar, (tal como durante tantos años lo había sostenido en su memoria). Detrás de él se encendieron las luces del Coney Island y poco a poco el olor de la noche, ese olor casi palpable y dulce de la isla, en ese momento, lo fue reconfortando. Y sintiendo aquel perfume, oyendo ya el estruendo de los insectos, disfrutando de aquel frescor que lo innundaba deshaciéndose junto a sus pies, Ismael cerró los ojos, y, siempre agachado sobre las piedras, pensó que no era posible, que no era posible, que no era posible que él tuviera ya cincuenta años, que no era posible que estuviera allí frente a aquellas aguas, junto a aquel mar, sólo de paso, que no era posible que aquel mar fuera un mar amurallado que apenas si podía visitar... Ah, si al abrir los ojos se viera tal como tenía que ser, tal como debía de ser, aún adolescente y esbelto, caminando descalzo por aquellas playas sin barreras, bajo los árboles de su infancia, bajo los árboles de su juventud, probando las diversas temperaturas de las aguas, saltando en un charco y emergiendo empapado, corriendo hacia donde el oleaje era más empinado, nadando bajo las aguas para emerger, brillante y bronceado, entre cientos de bañistas tan espléndidos como él mismo y corriendo otra vez por sobre los puentes de madera, nadando a tramos, así, de playa en playa, hasta llegar por el mar hasta su propia casa... ¡No podía, no podía ser de otra manera! Pensó. ¿Realmente no podía ser de otra manera? ¿Cómo aceptar que aquella juventud, lo único realmente hermoso de su vida, se haya perdido? ¿Y cómo aceptar que aquel lugar donde había pasado esa juventud sea ahora sólo una prisión? *Dios mío, ¿y cómo aceptar, cómo concebir que por simple sentimentalismo, por mera cobardía, por pura nostalgia, haya yo regresado a esta prisión? Y saber que estoy aquí de paso, y que debo alegrarme que así sea, que este sitio que es mi tierra, que este paisaje que es mi mundo, el único mundo que reconozco como mío, sea precisamente el lugar donde no pueda vivir y donde sólo pueda venir de visita y como extranjero...* Rápidamente, como ocurre siempre en el trópico, se hizo absolutamente de noche, los insectos disminuyeron su estruendo, el tráfico en la Quinta Avenida se volvió aún más espaciado, luego las luces del Coney Island (en realidad ahora era el Círculo de Diversiones «Conrado Benítez») se apagaron y casi todos los ruidos fueron descendiendo, sólo las olas seguían batiendo con un fragor cada vez más intenso junto a un hombre que agachado y con las manos puestas sobre la cara, como ocultándose hasta de la misma oscuridad, lloraba. Por un rato, Ismael lloró casi serenamente, podría decirse que hasta despreocupadamente, olvidándose de lo que lo rodeaba y del sitio donde estaba. Así estuvo hasta que sintió que alguien lo observaba. Al quitarse las manos del rostro y levantar la vista vio una alta sombra a su lado. Al principio, en la oscuridad, Ismael no pudo comprender que se trataba de alguien envuelto en una capa. Inmediatamente, Ismael se puso de pie, disculpándose. A esta hora de la noche es peligroso andar por la costa, dijo la figura. Fue entonces cuando Ismael vio el joven, vestido de verde olivo y envuelto en una capa del mismo color. Evidentemente, pensó, se trata de algún guardacostas, o alguien que hacía una función parecida, aunque por lo menos, a simple vista, no portaba arma. Soy un turista, dijo Ismael, y no conozco bien las leyes de este país. De todos modos, traigo conmigo las identificaciones. No se moleste, le dijo el joven, si es un turista no se le puede acusar de que intentara irse del país. Ismael miró al joven y creyó ver en su rostro una expresión de burla. Los dos hombres comenzaron a abandonar la costa. Mi familia, mi mujer y mi hijo, son de por aquí siguió explicándose Ismael, viven en Santa Fe. Yo llegué hoy de Nueva York con un permiso de una semana. A ellos no les anuncié el día exacto en que iba a llegar, aunque les puse un telegrama diciéndoles que venía. Quiero darles la sorpresa... Pero, según las reglas de inmigración debe usted quedarse por lo menos una noche en el hotel antes de visitar la familia, le contestó el joven. Además no le recomiendo que ande solo por estos sitios, y mucho menos a estas horas. Toda esta zona está llena de delincuentes, hay bandas completas, puede ser peligroso, sobre todo para gentes como ustedes que tienen otro rostro y otras ropas. ¿Bandas de delincuentes? Pensé que esas cosas habían sido ya eliminadas de esta sociedad, dijo Ismael irónico. Pensó mal dijo el joven. Ya habían llegado a la Primera Avenida. Ismael lo volvió a mirar y observó que se trataba de un joven de unos veintitantos años, verdaderamente apuesto. Por un momento ambos hombres se miraron fijamente. Cerca pasaron algunos camiones repletos de soldados. Bruscamente, Ismael extendió una mano a manera de despedida. Gracias por no haberme arrestado, dijo.

Buenas noches. ¿Y quién le ha dicho a usted que no lo voy a arrestar? Preguntó el joven, parado ahora en el centro de la acera con los brazos cruzados. Ismael también se detuvo y lo miró sin sorpresa. Lo esperaba, dijo. Entonces el joven se echó a reir casi a carcajadas. Pues se equivocó, le respondió a Ismael. Aquí casi todo se ha perdido, pero no el sentido del humor. No pienso arrestarlo. No sería la primera vez que arrestas a alguien, pensó Ismael, diciendo: Entonces, buenas noches... No lo voy a arrestar, pero sí lo voy a escoltar, dijo el joven acercándose más a Ismael. Ya le dije que es peligroso andar sólo por esta zona. No se moleste, dijo Ismael. De no hacerlo, terminaría usted arrestado por la Patrulla Territorial o por la Urbana, dijo el joven. Muchas gracias, dijo Ismael, pero de aquí a mi hotel es un poco lejos, puedo tomar un taxi. Ni sueñe con tomar un taxi a esta hora, además su hotel es el Tritón y no está tan lejos, podemos ir caminando. Cómo sabe que estoy en ese hotel, preguntó con fingida ingenuidad Ismael. Es el único hotel destinado a los miembros de la comunidad cubana en el extranjero, dijo el joven, allí están mejor albergados. Y custodiados, agregó Ismael. Desde luego, dijo el joven. Por aquí —y señaló para un estrecho sendero entre el Concy Island y los yerbazales que los conducía hasta la Quinta Avenida. Ya allí echaron a andar por el sitio donde una vez estuvo el pinar, bordeando el monumento de piedra. ¿No tendrá algún problema si se aleja de la costa? Preguntó Ismael. Sus compañeros podrían informar... No se preocupe, yo soy el responsable de mis compañeros. Además, no soy guardacostas. Cumplo con mi turno en la doble guardia. ¿Y eso qué cosa es? Interrogó Ismael realmente interesado. Casi todos los días, después del trabajo o el estudio está la simple-guardia, explicó el joven; luego viene la doble-guardia, que es la que estoy haciendo ahora, a las dos de la madrugada ya estaré libre. Bruscamente el joven se detuvo junto a la mole que formaba la estatua o monumento. ¿Qué le parece? Le preguntó a Ismael. Horrible, dijo éste a quien la pregunta lo cogió por sorpresa y no pudo evitar ser sincero. A mí también, dijo el joven. Y siguieron andando. Volvían ahora a pasar camiones con soldados. Algunos vehículos estaban cubiertos por una lona bajo la cual se podían imaginar, casi entrever, armas de alto calibre, cañones, ametralladoras anti-aéreas... Parece que están en guerra, señaló Ismael. Aquí siempre estamos en guerra, dijo el joven. Contra quién, preguntó Ismael. Contra casi todo el mundo, dijo el joven, pero, específicamente, contra ustedes. ¿Contra nosotros? Sí. ¿Acaso no es usted ciudadano norteamericano? De no serlo seguro que no iba a estar aquí, no iba a correr el riesgo, aseguró Ismael. Vine sólo a ver a mi familia, dentro de una semana me marcho. Un hombre afortunado, dijo el joven, y agregó algo más que el ruido de una rastra repleta de militares le impidió a Ismael entender. ¿Qué dijo?, nada, respondió el joven y siguieron caminando en silencio. De vez en cuando se cruzaban con algún soldado vestido de verde olivo a quien el acompañante de Ismael saludaba militarmente. ¿Y dónde están los demás? Preguntó Ismael. ¿Quiénes? Los civiles, el pueblo... Nosotros somos los civiles, dijo el joven. Los militares son esos que van en los camiones. ¿Nunca ha viajado fuera del país? Le preguntó Ismael. Nunca dijo el joven. Y otra vez caminaron un tramo en silencio. Habían casi llegado a la avenida que desembocaba en el hotel. Aquí ya yo no corro ningún peligro, murmuró Ismael. Quién sabe, dijo el joven, a veces las bandas de delincuentes están metidas hasta en las mismas habitaciones del edificio. ¡Pero, con tanta vigilancia! Comentó irónicamente Ismael. ¡Con tantos guardias!... A veces los mismos guardias son los delincuentes, dijo el joven. Espero que esta vez no sea así, respondió Ismael casi sarcástico. Usted es un hombre afortunado, dijo el joven. Y al pasar junto a los primeros reflectores que alumbraban la explanada o supuesto jardín del hotel. Ismael pudo certificar que efectivamente aquel joven era un bello ejemplar masculino, alto, trigueño, apuesto a pesar del uniforme mal cortado y aquella capa que le llegaba más abajo de las rodillas... No sabía que fuera tan peligroso caminar ahora por este país, yo pensaba esta misma noche pasearme por el centro y por La Habana Vieja. Ni pensar en eso, dijo el joven. En primer lugar, ese «centro» que usted imagina ya no es tal. En cuanto a La Habana Vieja es zona de demolición o de Patrimonio Nacional a la que no se puede entrar sin un permiso, y el muelle es una zona estratégica y para llegar allí se necesita una autorización especial. ¿Fuera del hotel a dónde puedo ir? Preguntó Ismael realmente interesado. También quise visitar las playas de por aquí y todas están cerradas, al menos para mí... Ahora no son playas, respondió el joven, son círculos sociales para los trabajadores. Si, dijo Ismael, pero como los trabajadores —y miró al joven de arriba a abajo— trabajan día y noche, imagino que las playas están siempre descansando... Más o menos, dijo el joven. E Ismael volvió a mirarlo, luego le dijo: No quisiera irme de aquí, de mi país, sin ir a una playa, sin bañarme en el mar. Ya éste no es su país, dijo el joven. ¡Sí! Respondió categóricamente Ismael, parándose frente al joven. Este es mi país... Ya este no es su país, dijo el joven tranquilamente. ¿Por qué? Preguntó Ismael. ¿Porque ustedes quieren que no lo sea? Ya este no es su país, volvió a repetir tranquilamente el joven, porque ya esto no es un país. ¿Y qué cosa es entonces? Preguntó aún más irritado Ismael, pensando: ahora me dirá que esto es un imperio moral, un territorio libre de América, un paraíso internacionalista... ¿Y qué cosa es entonces? Repitió la pregunta. El joven se acercó aún más a Ismael, lo miró de frente y dijo: Una mierda... Por un momento, Ismael no supo qué responderle, pero en seguida pensó: Me está provocando, me está dando cuerda, este gusano, piensa, seguro que se va a desbocar y entonces me lo llevo preso, como si yo no los conociera... Eso lo dijo usted, dijo Ismael, yo no he abierto la boca. No la ha abierto porque no se atreve, respondió el joven. Eso lo dijo también usted, le respondió sonriendo Ismael. Bueno, agregó, ya estamos casi frente al hotel, ha sido muy amable en acompañarme. No me atrevo invitarlo a darse un trago, aunque supongo que adentro venderán bebidas... Adentro venden bebida, siempre y cuando usted la pague con dólares, le dijo el joven, pero yo no puedo aceptarle la invitación. Como ve, estoy de guardia. De todos modos muchas gracias. Sí, sí, dijo Ismael, ya sé que está de servicio, que cumple sus funciones como policía. Yo no soy policía, dijo el joven molesto. Hago una guardia, es una obligación. Un deber, claro, agregó Ismael. De todos modos quisiera ofrecerle algo, podría comprarle una botella de coñac, o una lata de café para que se la lleve a su familia, en fin, no sé... Está prohibido, interrumpió el joven, aceptar regalos de los extranjeros eso entra en el acápite de debilidad ante el soborno y de desmoralización ideológica Veo que se conoce usted las leyes al dedillo, ironizó Ismael. Hombre, respondió el joven, de no conocerlas no estuviera en la calle. Cierto, dijo Ismael y volvió a hacer silencio mientras se preguntaba: ¿Se tratará realmente de un agente provocador, se porta como tal, pero parece demasiado inteligente para serlo? Bueno, volvió a hablar, entonces nada puedo hacer; sólo darle las gracias. A lo mejor puede oír mis consejos dijo el joven, y esperó a que se alejase un grupo de militares que salían del Tritón. Luego siguió hablando: Salga a la calle vestido lo más normalmente posible, es decir con la peor ropa que haya traído, y nunca deje su pasaporte en el cuarto. Otra cosa, hable con pocas personas y tenga mucho cuidado con lo que dice. Gracias, volvió a decir Ismael apretándole la mano al joven, el consejo viene de muy buena fuente. Puede estar seguro de que así es, le dijo el joven mirándolo fijamente. En esos momentos llegaban a la puerta principal del Tritón que estaba custodiada por varios milicianos con armas largas. Me extraña que usted no traiga arma, dijo en voz baja Ismael. Yo no pertenezco a esa categoría, le replicó también en voz baja el joven. Espero que eso no sea peor, susurró Ismael. Quién sabe, dijo el joven y alzando la voz se dirigió a la posta: Compañeros, el ciudadano estaba extraviado. Es un huésped de la comunidad. Los milicianos de guardia asintieron e Ismael fue a sacar su identificación. Ahora no es necesario, lo cortó el joven; además ya a usted lo tienen fichado allá adentro. Espero que nos volvamos a ver, dijo como una simple formalidad Ismael, despidiéndose. Sí, dijo entonces en voz baja pero con absoluta seguridad el joven, nos vamos a ver mañana. Cómo, preguntó Ismael sorprendido. Después que salga del trabajo no tengo guardia pues ya he cumplido con la meta de la semana. Salgo a las cuatro, pero si renuncio a mi hora de almuerzo puedo salir a las tres. A las tres y cuarto estaré esperándolo aquí mismo. Vendré con el uniforme pero no se asuste, es sólo para no buscarle problemas a usted... Pero, objetó Ismael, yo no le he pedido nada de eso. ¿No quiere visitar el centro, no quiere ver La Habana Vieja, no quiere ir a una playa? Entonces aproveche esta oportunidad o se queda con los deseos. Mañana debo ir a ver a mi familia, respondió Ismael. Si ha esperado quince años, puede esperar un día más, contestó el joven. ¿Cómo sabe usted que he esperado quince años? Interrogó sorprendido Ismael. Usted mismo lo dijo hace un rato. No recuerdo haberlo hecho. Eso sólo indica que tiene usted mala memoria; de todos modos espero que no olvide que mañana a las tres y cuarto lo estaré esperando aquí mismo. Hasta mañana. Y el joven le apretó la mano a Ismael, saludó militarmente a los milicianos, y se marchó.

¡Un policía! ¡Un policía! Se dijo absolutamente convencido Ismael al entrar en la habitación del hotel. Un policía que por lo menos no se oculta, se volvió a decir, reflexionando, concediéndole hasta cierto valor al joven, y terminó concluyendo: Aunque policía no puede ser espía a no ser que me considere un idiota. Pues idiota tenía que ser para criticar al régimen ante un militar uniformado. Y por supuesto, terminó diciéndose mientras se desvestía y se acostaba, que no piense que lo veré mañana a las tres y cuarto, como puntualizó con precisión oficial. Mañana bien temprano me voy a Santa Fe, entrego los regalos, doy algún dinero y arreglo las cosas para ver si puedo irme antes de que se me cumpla el permiso. De todos modos, bien poco hay que hacer aquí. E Ismael trataba de pensar, para controlar su desesperación (desesperación que no podía precisar cual era la causa) en Elvia y en su hijo. ¿De qué manera lo recibirían? ¿Acaso no tenían muchísimas cosas que reprocharle? Sin duda él nunca había sido un buen padre. ¡Qué un buen padre! Ni bueno ni malo, sencillamente no sentía (no admitía) su responsabilidad como padre. Todo eso no había sido más que una patraña, algo que se hizo, ya se lo había explicado a sí mismo miles de veces, para sobrevivir, pero ahora, más de veinte años después, Ismael respondía otra vez a esa farsa: Ahí estaban las maletas repletas, los efectos eléctricos, el dinero, todo lo que pensaba entregarle a su familia. *Mi familia.* Y casi sintió deseos de reír al pronunciar esas palabras. Pero si me río, pensó, ¿qué dirán los que en algún sitio descifran las grabaciones que recoge el aparato situado estratégicamente en algún lugar de esta habitación? Entonces, sin duda para confundir a los agentes encargados de interpretar cualquier sonido que se produjese en aquella habitación, Ismael se rió a carcajadas... Luego en el silencio de la habitación ya a oscuras, Ismael creyó escuchar algunos disparos lejanos y después los ruidos producidos por los vehículos militares en la Quinta Avenida. Pero a pesar de todo, Ismael pudo oír también el estruendo del mar. Y ya de madrugada se quedó dormido. Entonces, sin un minuto de tregua, echó a caminar por el muro. Se trataba, desde luego, de uno de los dos muros que había visto en la playa donde había estado llorando. Pero ahora estaba en medio de un día luminoso que se fraccionaba sobre el mar hasta producir una claridad aterradora que subía, anegando también el cielo. ¿Qué hacía encaramado en aquella muralla altísima, mucho más alta que el muro que había visto el día anterior? ¿Cómo había ido a parar allí? ¿Y sobre todo, cómo iba a poder bajarse de aquella altura si al final del muro estaba el mar, un mar de aguas que evidentemente hervían y que sólo de mirarlas fijamente lo precipitarían hasta el fondo. Ismael fue retrocediendo y comprobó que el muro, por la parte opuesta, descendía hasta llegar al mismo nivel de la tierra. Pero frente al mar, al terminar su descenso, no había más que un arenal tan infinito como el mar, pero helado, sin un árbol, ni una casa, ni ningún tipo de vida. Y a todas estas con aquella cantidad de maletas, que habían ido a parar allí quién sabe cómo, y que ahora relucían sobre el muro. Desconcertado, Ismael miró para todo los sitios y descubrió en el extremo del otro muro, tan alto como el que él ocupaba, a Elvia con el niño, quienes señalaban casi entusiasmados para las aguas hirvientes, ordenándole, pero con júbilo, que se lanzase. Inclusive, Ismael creyó que le gritaban algo que por la violencia del viento y del oleaje no podía entender. Hasta allí lo había llevado aquella mujer

130

estúpida, se dijo enfurecido y la amenazó con un ademán. Pero al parecer, tanto Elvia como el niño interpretaron aquel gesto como un saludo, o una señal de asentimiento, y ahora aplaudían y volvían a señalarle las aguas. Ismael trasladó todo el equipaje hasta el extremo opuesto de la muralla donde comenzaba el arenal. Allí el viento era el mismo, pero la temperatura cambiaba tan súbitamente que si en el otro extremo sentía que se achicharraba, aquí se congelaba. Y como si eso fuera poco, aquellas dos figuras, el niño y la mujer, en el otro precipicio, haciendo aquellos gestos y conminándolo a que se lanzase al mar. Hasta que pudo tolerar el frío les dio la espalda, sentándose sobre el equipaje y protegiéndose del viento con algunas ropas que había sacado de una maleta. Cuando se volvió, Elvia y el niño habían desaparecido. El muro opuesto estaba completamente vacío. Ismael pensó que habían caído al agua y fue a investigar. Sólo la inmensa claridad, el viento y aquel hervor sonoro seguían batiendo. Ni la menor seña de los desaparecidos. Ismael se inclinó un poco para ver si estaban allá abajo, flotando o quizás sujetos a la muralla. Luego, con una mano en la frente, a manera de pantalla, retrocedió unos pasos para mirar hacia el arenal. Entonces cayó al vacío. Mientras un enorme escalofrío lo recorría caía de espaldas sobre el mar. Y aunque sentía que cualquier acción ya era inútil, gritó, volvió a gritar; tuvo tiempo de gritar otra vez hasta sentirse empapado, ahogándose de calor entre las sábanas. Y una sensación casi de triunfo lo poseyó al comprender que todo aquello no era más que un sueño, una pesadilla sin duda provocada por los ajetreos del viaje. Se levantó. La claridad estaba allí, pero era la claridad del trópico. Y el mar también estaba allí, podía verlo ahora desde la ventana, pero era también el mar del trópico, tibio y bastante tranquilo a pesar de la época. Rápidamente se vistió, desayunó en el restaurante del hotel, y aunque se había prometido ir bien temprano a Santa Fe y aunque el joven le había dicho que no caminara solo por la ciudad. Ismael decidió (tal vez precisamente por eso) hacer un recorrido por La Habana Vieja. Al llegar a la Quinta Avenida, Ismael comprobó que la caravana de camiones repletos de soldados no sólo continuaba sino que se hacía más intensa. Le preguntó a alguien que cruzaba apresurado la acera donde podía tomar una guagua (evitó decir *ómnibus*), pero esta persona, una figura infundada en un mono verde y con los cabellos rapados (imposible deducir si se trataba de un hombre o de una mujer), le dijo cortante: La Quinta Avenida es sólo para vehículos oficiales rápidos, el transporte urbano-colectivo es tres cuadras más arriba... Luego de más de una hora de espera, Ismael pudo

131

tomar un ómnibus repleto, que con la nueva invasión de pasajeros no pudo cerrar sus puertas hasta que la Patrulla de Vigilancia de Vehículos (así decían los brazaletes que ostentaban sus miembros) empujó al tumulto hacia adentro. Lo que más le chocó a Ismael fue el hedor de aquel sitio. Evidentemente, pensó, los que estaban allí no conocían el desodorante. Por otra parte, ¿qué gente era aquella? ¿Eran realmente cubanos? No era un problema de raza, aunque desde luego allí había gente de varias nacionalidades, era más bien una manera de comportarse, de hablar, de mirar, todo un conjunto de detalles que le comunicaban a Ismael una sensación de extrañeza y hasta de peligro. Como el vehículo seguía avanzando sin detenerse en ninguna parte, Ismael le rogó al chófer que lo dejara en la parada de Galiano y San Rafael. Esta petición provocó un sinnúmero de risas y cacareos en toda la guagua. ¿Galeano y San Rafael? Preguntó el chófer también burlón. Usted dirá Mártires de Granada y Treinta Aniversario. Por fortuna, allí paró el ómnibus e Ismael pudo salir a la calle. Detrás de él saltó una figura pequeña y verde, que a Ismael le pareció haberla visto con anterioridad aunque no recordaba dónde. De todos modos, si me vigilan nada tengo que temer pues lo único que quiero es caminar un poco, se dijo Ismael para tranquilizarse a sí mismo. Aunque ya eran más de las once de la mañana, había muy pocos transeúntes y casi todos eran gentes uniformadas y en su mayoría mujeres. Muchas calles estaban acordonadas y desde luego no se podía pasar por ellas. Y aunque Nueva York no era en realidad una ciudad estimulante, el panorama de La Habana lo deprimió. Casas apuntaladas, paredes derruidas, edificios reducidos a escombros, latas y cartones que tapaban un hueco, charcos de agua putrefacta, enormes montones de basura acumulada en las puertas de los edificios, y sobre todo aquella polvareda y aquella impresión de deterioro general, pues no se trataba sólo de viejos edificios, o de balcones apuntalados o de paredes remendadas, se trataba de un moho, de algo que carcomía y subía royendo, contaminando no sólo las paredes, sino los troncos de los escasos árboles, las hojas, el aire y hasta los rostros de las personas. Al llegar al Parque Central, un silbato manipulado por una mujer guardaparque lo detuvo, haciéndole desviar el rumbo. El acceso al Parque Central estaba prohibido durante el día por motivos laborales, pudo finalmente leer en un cartel que estaba clavado a un tronco. Muy cerca estaba La Habana Vieja que él tantas veces en su juventud había recorrido, maravillado ante aquellos balcones bordados de hierro, columnas y vitrales. Al llegar a Monserrate, un enorme cartel que bloqueaba la calle Obrapía le demostró que el joven de la noche anterior no le había mentido. El cartel decía: PUERTO DE LA HABANA, ZONA ESTRATÉGICA PROHIBIDO EL PASO. Ismael se preguntó de qué manera si aquella era una zona prohibida podrían allí entrar los vecinos del barrio, pero prefirió no averiguarlo. Al desembocar en El Prado, otro gran cartel, ZONA DE MONUMENTOS PATRIMONIO NACIONAL, fue la señal de que por allí tampoco podía caminar. No obstante, sorteando cloacas, promontorios de tierra y otros desperdicios, Ismael siguió avanzando paralelo a El Prado, rumbo al Malecón, por todos los sitios lo sorprendían enormes carteles, anunciando algún evento o triunfo político. Los verbos eran realmente optimistas (arribaremos, cumpliremos, sobrepasaremos, ganaremos, venceremos...) y hasta los colores de los carteles, radiantes y vivos, contrastaban con el resto de la ciudad que era, ante los ojos de Ismael, un basurero gigantesco. Al llegar al Malecón, dos mujeres uniformadas y con relucientes cascos hicieron sonar sus silbatos. Ismael no pudo resistirse a preguntar cual era la causa de que no pudiera llegar hasta el muro del Malecón de La Habana. Sólo para vehículos oficiales rápidos, le informó una de las mujeres en tono que no admitía ninguna objeción. Antes de retroceder. Ismael pudo ver los invariables camiones repletos de soldados. También en una de las esquinas vio al mismo personaje verde que se bajara del ómnibus. Para evitarle más trotes a aquel minúsculo ser que lo perseguía, y porque empezaba a sentir miedo y un poco de cansancio, Ismael decidió regresar al hotel. ¿Pero dónde tomar un ómnibus en un sitio donde las señales de parada habían sido abolidas, en cuanto a los taxis, no había visto ninguno en todo su recorrido. ¿Y no sería un escándalo preguntarle a alguien por un taxi? ¿Además, a quién preguntarle? Pero por qué no preguntar, se dijo, ¿acaso eso es un delito? Y sin mayores trámites se dirigió a su perseguidor y en tono muy amable le espetó: ¿Tendría usted la bondad de informarme dónde conseguir un taxi? Y al terminar de pronunciar la palabra *taxi*, Ismael se dio cuenta de que había cometido un grave error ideológico. ¿Taxi? Preguntó el pequeño ser que al principio se hizo el desentendido, como si la misma palabra, taxi, le causase repugnancia. Aquí no existen taxis, señor. Usted querrá decir un transporte especial. Lo que busco es un vehículo que me lleve hasta el hotel, dijo Ismael, soy turista, estoy en el Tritón. El otro personaje, que al parecer olvidó simular cierto desprecio o sorpresa ante la palabra turista, respondió: Tiene que llamar al centro, servicios especiales, señor. Sí, dijo Ismael, pero podría decirme, dónde puedo encontrar un teléfono. Tiene que ir al centro telefónico, en el nuevo Ministerio de Comunicaciones, dijo inmutable el personaje, y, de pronto, como si el nuevo Ministerio de Comunicaciones fuera algo familiar para Ismael, se despidió con una reverencia casi militar y desapareció entre los escombros. Al parecer allí terminaba su misión. Y efectivamente así era, pues unos momentos después, Ismael vio que otra figura, algo semejante a la desaparecida, lo seguía de cerca por el otro lado de la calle con tan manifiesta indiscreción que más bien lo escoltaba. Como no sabía dónde tomar un ómnibus y además para fastidiar a su perseguidor, Ismael decidió ir a pie hasta el Tritón. Al llegar desfallecido al hotel, el joven que lo acompañara la noche anterior le salió al encuentro. Yo pensé que en el Norte la gente era más puntual, dijo. Llegas con cinco minutos de retraso. Son casi las cuatro y media dijo Ismael. Ya es muy tarde para ir a la playa. La hora que tú tienes es la de Nueva York, le dijo el joven. Son las tres y veinte, pero como se ha adelantado el horario para ahorrar electricidad, en realidad no son más que las dos de la tarde, faltan como seis horas para que oscurezca. Ismael pensó rechazar la invitación, diciendo que estaba cansado, que había venido a pie desde La Habana Vieja, pero, de pronto, se sintió completamente restablecido y hasta con deseos de ir a la playa. En definitiva, se dijo, puedo dejar el viaje a Santa Fe para mañana... Espero, le dijo Ismael al joven, que no tenga que ir caminando. Mis compañeros, respondió éste, nos dejarán en la parada de la guagua que va hasta Guanabo, ya está todo hablado. E Ismael se vio de pronto entre un grupo de jóvenes, casi todos sin uniformes y alegres (quizás porque habían terminado su jornada de trabajo) que lo encaminaban hacia la playa. El que lo había invitado, y que desde hacía rato lo tuteaba —cosa que a Ismael no le desagradó— se sentó a su lado y prendió un cigarro, ofreciéndole otro a Ismael. Gracias, no fumo, dijo éste y agregó: Hoy fui por La Habana Vieja. Me lo imaginé, dijo el joven, te llamé a tu cuarto y no estabas. ¿Cómo, pero también sabe mi nombre y el número de mi habitación? ¿Pero ya no recuerda que me los dio anoche, respondió molesto el joven, tratando a Ismael de usted. Además como hago guardias en aquella zona en el hotel no tienen por qué sorprenderse si pregunto por usted. Lo más lógico es que piensen que lo estoy vigilando, y eso te favorece porque así no te ponen otro vigilante... Ya me pusieron dos por la mañana, dijo Ismael. Por cierto, que realmente no recuerdo haberle dado mi nombre, pero ya que lo sabe no tengo que presentarme. Y sonrió. Yo sí, dijo el joven, me llamo Carlos. Y extendió una mano apretando fuertemente la de Ismael. Somos amigos, dijo Carlos, desde el principio me caístes muy bien. Gracias, dijo Ismael con un acento irónico que Carlos no pareció captar pues siguió hablando en el mismo tono: No se si me has autorizado a tratarte de tú, pero si somos amigos, no tiene sentido eso de *usted*. Además, no eres un viejo para tanto respeto. Puedo ser tu padre, dijo Ismael mirando por la ventanilla la ciudad deteriorada. ¿Mi padre? Entonces yo soy un recién nacido, dijo Carlos, y dirigiéndose al grupo de jóvenes agregó: El neuyorquino se está haciendo el muerto a ver el entierro que le hacen; dice que es un anciano, pero, por si acaso, no le vayan a presentar a sus novias. Todos los jóvenes se rieron y hasta el mismo Ismael sonrió casi sin darse cuenta. Le sorprendía que aquellos jóvenes que hasta hacía unos momentos antes exhibían unos rostros impenetrables y de tragamudos mientras hacían la guardia ante el hotel, fueran ahora estos muchachos risueños y jaraneros. Al llegar al punto donde se tomaba el ómnibus para Guanabo, todos le estrecharon la mano a Ismael y le dijeron que esperaban volverlo a ver. no sé cómo todavía tienen ganas de reírse, comentó Ismael, luego de tantas horas de guardia. Tú también te reíste después de caminar durante toda la mañana por La Habana y regresar a pie hasta el hotel. ¿También sabes que no he comido nada? Preguntó Ismael. Lo sé, dijo Carlos. Espero que no me respondas que te lo dijeron mis tripas. Me lo dijo la realidad, respondió Carlos, dónde rayos ibas a encontrar algo de comer. ¿Es que ya se te olvidó que aquí hay racionamiento? No te preocupes, de todos modos, desayuné en el hotel, le dijo Ismael a Carlos, a quien, tal vez sin darse cuenta, ya tuteaba. Yo traje el almuerzo y algo más que conseguí en el comedor obrero, por suerte ahí está la guagua. Al llegar el ómnibus se formó tal confusión en la cola que el chófer decidió partir con el vehículo vacío. Pero Carlos abrió de un golpe la puerta, tirando de Ismael, oportunidad que aprovecharon algunos de la cola para entrar también en el ómnibus que partió casi vacío ante las exclamaciones enfurecidas de la muchedumbre... Al menos el mar está igual, dijo Ismael al llegar finalmente a la playa. Sí, respondió Carlos, eso aún no lo han podido cambiar por completo, y quitándose la ropa, hasta quedarse sólo con el calzoncillo verde olivo, se tiró sobre la arena. Esta es la zona autorizada para bañarse, dijo entonces, un poco más allá empieza la zona militar y después la zona técnica. Pero siéntate; ahí en la jaba hay un short, lo traje por si olvidabas la trusa. Ismael intentó rechazar la oferta, pero bastó un gesto de Carlos para detenerlo. Hombre, parece mentira, dijo el joven, no pienses que es fácil llegar hasta aquí, y mucho menos para mí. Anda, ponte el short y vamos a nadar. Pues me imagino que sabrás nadar, después de todo has cruzado el charco y además eres cubano. Ismael no respondió. Aún sin desvestirse se tiró sobre la arena y colocó la cabeza sobre el short verde olivo que Carlos le había ofrecido. *Cubano*, pensó. Y se preguntó qué sentido tendría para Carlos esa palabra. Acaso hacer la guardia, comer en el comedor obrero, vigilar a los turistas (a los sospechosos como él), ser amable con ellos, sacarles la mayor información posible y luego redactar un informe. *Cubano*. ¿Pero esa palabra no era ya ridícula? Sobre todo, ahora lo comprendía, si se le aplicaba a él, al mismo Ismael. ¿Qué tenía él que ver ya con aquel país, con aquella gente resentida y esclavizada, acobardada o hipócrita? No, ya él no pertenecía a esta realidad, pero tampoco, pensó, pertenecía a la otra, tampoco amaba aquella otra realidad, nunca, eso era lo cierto, había podido identificarse con el mundo donde vivía desde hacía quince años. *Pero muchos menos podría identificarme con éste*. Y otra vez, como en tantas otras ocasiones, una sensación de autocompasión, *una ridícula sensación de pena por mí mismo*, lo invadió. Porque lo cierto era que ni siquiera aquel paisaje que tanto había deseado contemplar, lo había impresionado. Verdad que ya la playa no era la misma que él frecuentase treinta años atrás; sucia, descuidada apenas si tenía árboles. Y en cuanto a la ciudad, era una pesadilla que quería abandonar lo más pronto posible. Y cuando regresara, cuando volviera a Nueva York, entonces estaría en el terror absoluto, pues ya sabría definitivamente que aquel mundo, que nunca será su mundo, que no le pertenecía, y al cual él le era indiferente, era lo único que tenía. Es decir, el único sitio donde, como una sombra, podría seguir existiendo. *¿Por qué he venido? ¿Para qué he regresado?* Y ya se veía, siempre autocompadeciéndose, transitando por entre la nieve neuyorquina, triste, enfurecido, casi resignado... Pero la voz de Carlos que lo conminaba a que se desvistiese y se pusiese el short lo sacaron de sus meditaciones. Sí, sí, ahora mismo. Y púdicamente se dirigió con el short verde olivo hasta un promontorio de piedras (al parecer una trinchera abandonada) y allí se desvistió. Pareces un recluta, le dijo Carlos cuando Ismael regresó con el short puesto que le quedaba además bastante grande. Espero que no me vayan a meter en el cuartel, respondió Ismael, pensando: ¿Y tú qué eres? ¿Una puta? ¿Un policía encargado de vigilarme? Sin duda, las dos cosas. En fin, qué más da, concluyó, tirándose en la arena. Pero cuando oyó a Carlos silbar a su lado, no pudo contenerse y dijo: Es increíble, anoche parecías un hombre amargado y cínico y hoy eres otra persona. Carlos no respondió al instante. Luego dijo: Anoche era un guardia, ahora soy un ser humano. Hasta ahora creo que sólo he visto guardias respondió Ismael. Sí, dijo Carlos, se acaba de implantar la Ley de la Movilización Permanente. ¿Contra quién? Indagó Ismael. Contra todo lo que esté vivo, dijo de pronto Carlos en voz alta. Supongo que como eres policía no tendrás miedo a que los otros policías te escuchen, comentó Ismael. ¡Yo no soy policía!, gritó entonces Carlos. ¡Oíste, yo no soy policía!... Pero entonces, ¿qué hacías anoche con el uniforme?... Eso es obligatorio. ¿Qué quieres que haga, que me muera de hambre, que mi madre también se muera de hambre? ¿O es que no sabes que aquí todo lo que no está prohibido es obligatorio? Me imagino que si te fuiste de aquí fue por alguna razón. Por eso me fui, dijo Ismael, por los policías, para no ser un policía, porque si todo es obligatorio también es obligatorio ser un policía... ¡Yo no soy policía! Volvió a protestar Carlos. Policía es el que denuncia a los otros, el que vigila y delata, yo no... Tú, si vieras a alguien haciendo algo contra el gobierno también lo denunciarías. ¡No! Protestó Carlos. Sí, dijo Ismael, aún cuando no quieras denunciarlo tendrías que hacerlo, pues sino el otro, que a lo mejor es un policía, te denunciaría por no haberlo denunciado a él. Carlos volvió a hacer silencio, luego dijo: Al menos hasta ahora nunca lo he hecho... Qué sentido tiene una vida así, dijo de pronto Ismael, no en tono de pregunta, sino como un comentario. Casi ninguno, habló Carlos, pero tal vez menos sentido tenga estar muerto... Yo no estoy muerto, protestó Ismael. No me refiero a ti, le respondió Carlos, me refiero a los que no han podido soportar más y se han suicidado, a los que un día han protestado y también han muerto. ¿Me entiendes? Perfectamente, le contestó Ismael. Hoy es 24 de diciembre, dijo lentamente Carlos, al que se le ocurra celebrar la Nochebuena puede ir preso. Yo traje unos dulces de Navidad para mi familia, comentó Ismael. Tíralos por el inodoro, todo lo que sea un recuerdo de otra época puede convertirse aquí en un crimen. No me explicó entonces cómo dejan entrar aquí a una persona como yo, yo soy otra época. Tú significas dólares, y el gobierno los necesita. Vales lo que traes. El gobierno también necesita a jóvenes inteligentes y hermosos como tú para engatusar a visitantes tontos como yo... Sí que los necesita y los tiene, de eso puedes estar seguro, pero yo no soy de esa calaña, le respondió Carlos y siguió hablando: Tuve un amigo que sí lo era, era un joven como yo; no era una mala persona, pero poco a poco se metió (lo metieron) en la policía secreta. Eso es aquí un mérito, un día estando de guardia me llamó por teléfono al centro donde yo era operador, me dijo: Nada

137

más te llamo para despedirme de ti, adiós. Y sonó un disparo. Se había metido la punta del rifle en la boca y la cabeza se le hizo pedazos. Yo oí el disparo porque él había dejado descolgado el teléfono. Quería que yo oyera ese disparo, su despedida. Carlos hizo silencio, luego dijo: Tú te fuiste de aquí porque pudiste irte. Pero ahora no es posible. Está prohibido. Para nosotros ya no hay salida. No, no soy un policía, no quiero serlo y no lo seré, pero tampoco quiero terminar como mi amigo. Y no soy el único. Sí, ya sé en lo que estás pensando: Por qué no se rebelan, si todo es tan siniestro, por qué no hacen algo. ¿Por qué? Por lo mismo que no te rebelaste tú. Porque no podemos. ¿O es que no te has dado cuenta de que si hay un ejército de criminales y aprovechados que están por encima de nosotros, y si protestamos nos eliminan? Mira para allá, toda esa zona, todos esos muros, todas esas casas con sus autos, los que viven allí, los que están allí disfrutando son los verdaderos policías, no nosotros... Algunas personas cruzaron cerca de Ismael y Carlos y éste hizo silencio. Luego desde algún lugar de la playa salió un largo silbido. Ese es el primer aviso para que dejemos la costa, dijo Carlos, una vez que llegue la noche nadie puede quedarse cerca del mar. Es un delito. Temen que uno se vaya hasta nadando. Pero todavía tenemos casi una hora, podemos bañarnos. Los dos hombres se lanzaron al agua y nadaron hasta la línea reglamentaria marcada por unas boyas blancas; allí se quedaron flotando bocarriba. Carlos hablaba pero Ismael ahora casi no lo escuchaba, maravillado ante la tibieza del agua en pleno diciembre. Otra cosa que no había cambiado, esa tibieza, ese mar, esa transparencia donde se puede flotar, horas y horas suspendido de todo, de todo. *El cielo sigue siendo el mismo, el agua sigue siendo la misma, el sol es el mismo, pero dónde estoy yo, dónde está aquel tiempo de ilusiones lejanas y mermadas, pero todavía ilusiones, pero todavía ilusiones; dónde está realmente mi juventud, qué hice con mi juventud, qué amigos tuve, qué placeres disfruté, qué dulces e inolvidables locuras cometí, dónde están esos fantasmas que me persiguen siempre porque nunca pudieron realizarse; qué he hecho, qué he hecho con mi vida. Porque mi verdadera tragedia no está en tener ya cincuenta años (una verdadera tragedia por otra parte) sino en no haberlos vivido nunca.* E Ismael se zambulló en aquellas aguas tibias y ahora doradas por el sol del atardecer, descendió hasta el fondo con los ojos abiertos, buscando, intentando recuperar, rescatar, recoger entre la arena aquella juventud, su propia juventud ya irrecuperable y, por lo mismo, cada día más anhelada e imprescindible... Soy joven, soy joven, soy joven, se dijo. No puede ser que ya no sea un joven si sigo sintiendo como un joven, si sigo deseando, necesitando, padeciendo como un joven... Y por un rato, mientras se lo permitió la respiración, se quedó en el fondo, casi pegado a la tibia arena, esperando que una gracia superior, única, le concediese allá abajo la juventud, y que al emerger saliese completamente transformado. Ismael volvió otra vez a la superficie. Allí estaba el joven, flotando cerca de él (de él, el viejo), acercándose aún más a él (él, el viejo) para contarle su terror. He querido traerlo a usted hasta aquí (y ahora, Dios mío, lo trataba nuevamente de usted, por lo que en vez de haber rejuvenecido, Ismael pensó que había envejecido aún más), he querido traerlo a usted hasta aquí, a esta playa y hasta acá, dentro del mar, para decirle que usted no es la primera persona que yo traigo aquí, que cada vez que viene un turista al hotel lo invito, sea hombre o mujer; y si acepta la invitación lo traigo a este sitio, lo invito a nadar, y ya a esta altura, lo más lejos que podemos llegar, donde sólo esa persona y yo podemos escucharnos, donde ningún espía puede oírnos, le digo siempre esto que le voy a decir a usted: Sáqueme de aquí, sáqueme de aquí. Haga todo lo que pueda para sacarme de aquí, de alguna manera yo se lo pagaré, de la manera que usted quiera, de la manera que usted me lo pida, pero dígame que va a hacer todo lo posible, que por lo menos lo va a intentar... Amigo mío, dijo entonces Ismael profundamente desencantado por el trato de usted con que el joven se le había dirigido, anoche mismo nos conocimos, precisamente cuando hacía usted un recorrido militar, y hoy me pide que lo saque del país, todo esto ¿no es casi una locura?... Claro que es una locura, interrumpió dando una brazadas Carlos, pero no te das cuenta (¡Vaya, volviste al «tú») que todo este país es una locura, que vivir aquí es una locura, que cualquier locura que se cometa por salir de esta locura es un síntoma de sensatez... Lo sé, lo sé, dijo Ismael mientras se disponían a abandonar la costa (pues ya el segundo silbato acaba de retumbar). ¿Pero qué puedo hacer yo? ¿Qué puedo hacer yo?... Piense, piense en algo —dijo Carlos, otra vez tratando a Ismael de usted, como si la importancia de la súplica le impidiese tutearlo—, algún contacto, alguna embajada, algún barco. Tiene que haber alguna posibilidad. Desde allá hay más probabilidades. Si pudiera creerte, dijo Ismael mientras revolvía con un pie la arena. Yo no quiero que me crea, dijo Carlos, lo que quiero es que me ayude. Y si no puede ayudarme, por lo menos quiero que haga una cosa: Cuando llegue allá, cuando vuelva a ser otra vez un ser humano, diga lo que vio, cuéntele a todo el mundo lo que yo

139

le he dicho. Lo haré, pero te cambiaré el nombre para no perjudicarte, le respondió Ismael. Y ahora los dos hombres apresuraron el paso pues ya el tercer silbato irrumpía por toda la playa. Lejos de la costa, en la explanada autorizada para el reposo, se sentaron. Carlos sacó la comida que había traído. Al principio, Ismael se negó a comer, alegando que no tenía apetito, aunque en verdad se moría de hambre. Pero Carlos le dijo que de ninguna manera podía dejar de probar las «croquetas del cielo» llamadas así, dijo, no porque tengan un sabor celestial, sino porque se te pegan al cielo de la boca y de ahí no hay quien las arranque. Será un buen recuerdo, dijo Ismael irónico, aceptando la invitación y al instante comprobó con horror que la croqueta no se le había pegado al cielo de la boca, sino a la prótesis dental y de tal manera que ahora casi no podía ni hablar y eso, la croqueta, sus dientes postizos, volvieron a colmarlo de tristeza. Por último, pudo disimuladamente llevarse un dedo a la boca y liberarse del pegajoso alimento. Terminada la comida se vistieron, pero ninguno de los dos parecía decidido a regresar a La Habana. En silencio, sentados en el suelo junto a los restos de la comida permanecieron por un rato mientras la tarde era invadida por el estruendo de las cigarras y por el violeta del cielo, *como una misericordia del tiempo, como una misericordia del tiempo*, pensó entonces Ismael bañado por esa luz y pensó otra vez: Dios mío, ¿por qué he regresado, por qué he tenido que regresar? Y de pronto, sin podérselo explicar, asoció la carta de Elvia a uno de aquellos insectos que clamaban entre los árboles hasta reventar. Comenzó a oscurecer. Carlos seguía a su lado, acuclillado en el suelo, los brazos sobre las rodillas, mirando hacia el mar donde ya se divisaban las patrullas del recorrido nocturno y el centelleo de las lanchas guardacostas. También la explanada donde descansaban fue iluminada por potentes focos y las patrullas de recorrido territorial hicieron su aparición. Vámonos antes de que nos molesten pidiéndonos identificación, dijo Carlos poniéndose de pie y extendiendo una mano para ayudar a Ismael a incorporarse. Mano que Ismael rechazó o no la dio por advertida, poniéndose de pie por su propia cuenta. Estrechos senderos blanqueaban en la oscuridad, buscando la fosforescencia de la carretera. Las luces del lujoso reparto militar, sólo para oficiales, se encendieron. Un foco comenzó a girar iluminando las nubes y cayendo luego sobre el mar. Ismael descubrió entonces que a un costado del mar un árbol enorme (al parecer un pino centenario) se mantenía en pie, y allí súbitamente unas aves (¿gaviotas? ¿Auras tiñosas? ¿Patos de la Florida?), surgidas al parecer de las olas, se refugiaron de golpe como si hubiesen burlado casi milagrosamente a un perseguidor implacable. Ya en la carretera, Ismael pudo ver otra vez la playa desierta y el mar que se deshacía en la arena. Más allá, sobre ese mar tan añorado y que ahora deseaba cruzar rápidamente, apareció la luna en cuyo rostro él creyó ver un rictus de amargura que no excluía la compasión. Y otra vez una sensación de soledad sin tiempo, ni subterfugios para evadirla, un desarraigo que estaba más allá de todas las circunstancias, de toda patria recuperada (cosa por lo demás imposible), de toda juventud rescatada (cosa por lo demás imposible), de todo deseo y hasta de toda felicidad alcanzados (cosas por lo demás imposibles) lo invadió. Era un destierro cósmico que precisamente por ser perfectamente implacable no tenía ni siquiera una explicación plausible y, menos aún, alguna solución... La cola para tomar el ómnibus de regreso a La Habana se extendía varias cuadras más allá de la parada. Carlos dejó a Ismael marcando al final y se aventuró hacia adelante. Quizás encuentre a algún conocido y podamos colarnos, le dijo en voz baja a Ismael. E Ismael se vio rodeado de numerosos jóvenes que lo miraban con curiosidad. Sin duda por las ropas extranjeras que tengo puestas, pensó. Ya era noche cerrada, pero la luz de la luna iluminaba todos aquellos cuerpos impregnándoles una vitalidad y hasta una elasticidad que quizás no tuvieran durante el día. Ismael los veía reír, jugar entre ellos, correr a veces entre los arbustos para reaparecer súbitamente con una expresión aún más radiante. Aquellos muchachos pobremente vestidos, algunos con zapatos rotos y pantalones remendados, tenían un aire de despreocupación, de desenfado, de absoluta irresponsabilidad, de plena vitalidad que no parecía congeniar con el ambiente represivo en que vivían y, sin embargo, tal vez por esa misma represión, mantenían aquella vitalidad, aquella necesidad de juego, de no tomar nada en serio y disfrutar del hecho de estar vivos y, por lo menos en aquel momento, ociosos. No había ningún subterfugio en la manera de mostrarse, de mirar directamente a Ismael, haciéndole a veces alguna señal libidinosa. Sí, a pesar de tanta represión, o quizás por lo mismo, aquellos jóvenes no observaban ningún principio en su conducta. El mismo Ismael, viviendo en Nueva York por tantos años (y en el famoso Hell Kitchen), no podía evitar ruborizarse ante aquellos gestos y ademanes que ostensiblemente le prometían, de él decidirse, acontecimientos rotundos y hasta quizás venturosos... Pronto en la ausencia de Carlos, algunos muchachos se acercaron a Ismael y lo abordaron, pidiéndole cigarros, fósforos, chicles. Cualquier objeto extranjero era para aquellos jóvenes un talismán que los ponía en contacto

141

con otro mundo, el que ellos soñaban a su manera. Sin duda diferente, sin duda diferente, pensaba Ismael, a como es, a como realmente es. Y no sabiendo qué darles, le entregó los pañuelos, las medias que llevaba puestas (y que alguien se las había elogiado codiciosamente), el cinto, la billetera y los dólares que en ella llevaba. Todo eso provocó una enorme algazara de jovialidad y de complicidad entre los muchachos e Ismael. Pero lo cierto es que ninguno de aquellos jóvenes a pesar de sus manifiestas insinuaciones le interesaron a Ismael; sentía por ellos demasiada piedad para poder desearlos. Cuando finalmente llegó Carlos (¡y había conseguido un puesto entre los primeros de la cola!), Ismael ya mostrarle algún lugar especial. Pero Ismael sintió un gran alivio era conocido como el tío del extranjero a quienes todos querían al despedirse de ellos y tomar el ómnibus... De noche, y avanzado dentro del ómnibus, el paisaje parecía recuperar la belleza, el encanto, el prestigio que quizás nunca tuvo. Junto a la ventanilla, junto a Carlos, Ismael contemplaba aquellas extensiones blanqueadas por la luna; las pequeñas elevaciones, los árboles que proyectaban su sombra en la explanada. De vez en cuando, la luz de alguna casa parpadeaba y desaparecía en el horizonte desde el que se alzaba un cielo donde no cabía ni una estrella más. E Ismael sintió, creyó sentir, mientras el ómnibus repleto avanzaba por la carretera, una plenitud misteriosa —Nochebuena, Navidad, fiesta ancestral y única— que se desparramaba sobre aquella región esclavizada, trayendo el espíritu, aunque las leyes lo prohibiesen, de un acontecimiento único. El nacimiento de un niño, un campesino de padres imprecisos y que él, por lo mismo, consideraba dioses, que vino a inmolarse, a entregarse, a crucificarse, para que el mito de la vida, es decir, del amor, no se extinguiese. Porque sólo había una palabra, allí y en cualquier otro sitio, pensó Ismael, *contradiciéndome, ya lo sé*, que pudiera salvarnos, y esa palabra no era otra, no podía ser otra, que aquella vieja y maltratada palabra, ya en muchos lugares prohibida y perseguida y en otros comercializada y deformada. Amor. Aunque a algunos le pudiera parecer cursi y a otros terrible, esa era la palabra. No había otra. Por muchas vueltas que se le diera al asunto, por muchos libros, tratados o códigos que hayan surgido o surgieran, contra todo el horror, por encima de toda libertad y de toda desesperación, pánico o tedio se alzaba como un consuelo aquella palabra tan imposible y tan remota (pero también tan imprescindible y tan evidente) como las estrellas... Para ahorrar combustible, el chófer, siguiendo las orientaciones superiores, había apagado las luces del interior del ómnibus. Ismael no se sorprendió cuando en la penumbra se vio a sí mismo extender una mano, tomar la de Carlos y en voz baja decirle: Quisiera que cuando llegaras subieras conmigo a la habitación del hotel, allí podríamos hablar más tranquilos. Allí no podríamos hablar nada, susurró Carlos sin retirar la mano, porque en todas las habitaciones hay micrófonos instalados. Además, tampoco puedo subir al hotel porque el policía de la carpeta, es decir, el carpetero, no lo permite. Y apartando su mano de la de Ismael hizo silencio. En seguida agregó: De todos modos haré lo posible. Antes de que llegaran al hotel, Carlos ya tenía un plan para subir a la habitación. Como al otro día tenía que marcar la tarjeta allí mismo, en las oficinas de vigilancia, le diría a los milicianos que se quedaría a trabajar varias horas voluntarias en dichas oficinas, con el propósito de acumular méritos para El Gran Aniversario; y al entrar a marcar la tarjeta en dicha oficina, cuya dependencia estaba en los bajos del hotel, subiría a la habitación de Ismael. Aún había un grave obstáculo, el carpetero-policía quien, desde luego no iba a dejar que Carlos tomase el ascensor. Entonces Carlos sacó de su mochila un periódico Grama Unidemensional Nocturno e instruyó a Ismael de la siguiente manera: Tenía que entregarle el periódico al carpetero como una oferta inofensiva para que se entretuviese, pero dentro del periódico iría un billete de cien dólares, colocado como al descuido. De ese modo el carpetero no podría acusar a Ismael de soborno, defendiéndose de esa manera en el caso de que el mismo Ismael fuese un policía disfrazado, y si el carpetero era un policía incorruptible, tampoco podía acusar directamente a Ismael puesto que el billete estaba dentro del periódico. Este trueque o la aceptación de dólares (aunque castigado duramente) era algo que ocurría con frecuencia en el Tritón, explicaba Carlos. Allí hay una tienda donde se puede comprar con dólares. Todos los empleados están locos por comprar algo pero a la vez delatan cualquier maniobra que pueda reportarles algún mérito laboral. Haz las cosas con cuidado. Lo haré, dijo Ismael tomando el Granma Unidimensional Nocturno. Bien, dijo Carlos, entonces si el carpetero coge el periódico y no protesta, tú le dirás que esperas la edición matutina del diario que un compañero de guardia te llevará hasta la habitación. Desde luego, si no te dice nada es que es posible. Entonces, al poco rato yo subiré con la edición matutina del *Granma Unidimensional*. Perfecto, murmuró Ismael. Pero aún hay otro problema —dijo Carlos—: el ascensorista, es decir, el policía del ascensor. A ese debo ser yo quien le entregue otro *Granma Unidimensional* con otro billete dentro.

Le diré que es un regalo tuyo, el cual tú debes anunciarle cuando tomes el ascensor. Él seguramente comprenderá en cuanto vea el billete de cien dólares. Lo conozco mejor que al carpeta. Pero recuerda que todo debe ser con discreción, en voz baja y que el dinero no se vea a simple vista. Hay pantallas en el ascensor y en el lobby, pero por suerte, aún no las han instalado dentro de la habitación, salvo en casos muy especiales. No te preocupes, dijo Ismael, a quien todos esos trámites para subir a Carlos a su habitación lo entusiasmaban. Pero agregó: encima no tengo ni un dólar. Se los regalé a los muchachos de la playa. Tengo que subir primero a mi habitación. Ve rápido dijo Carlos, son casi las doce de la noche y a esa hora es el cambio de guardias lo cual nos traería más problemas. Cómo un bólido subió Ismael a su cuarto y bajó con los doscientos dólares, le dio cien a Carlos y le entregó los otros cien dólares dentro del *Granma Unidimensional Nocturno* al carpetero, quien, con verdadera profesionalidad, lo tomó limitándose a pronunciar un displicente «gracias ciudadano». Ismael dio la contraseña indicada y tomó el ascensor. El policía del ascensor era un viejo que parecía estar siempre medio dormido. Ismael le recalcó varias veces que esperaba un *Granma Unidimensional Matutino* autorizado por el carpetero. Y al momento pensó que a lo mejor había cometido un error al repetir tantas veces lo mismo. Casi temblando entró en su habitación; con desesperación vio que el reloj de la mesa de noche daba las doce; con verdadera tristeza vio marcar las doce y treinta, no queriendo pensar, pero pensando: fue una bonita treta para robarme cien dólares y hacer que su socio de la carpeta ganase otros cien, seguramente están en combinación. Es un tonto después de todo, si me hubiera pedido los doscientos dólares yo se los hubiera dado, sin que hubiera tenido que acudir a tantas artimañas. A la una, aunque no tenía el menor deseo de dormir, se dispuso a acostarse. Entonces, unos golpes suaves sonaron en la puerta de la habitación. Ismael saltó corriendo de la cama y la abrió. Ante él, con otro *Granma Unidimensional Matutino* estaba Carlos. Le traje un periódico para que lo conserve como un documento muy importante que todo ciudadano debe leer. Todo esto lo dijo Carlos en voz alta y haciéndole señas a Ismael para que no abriera la boca. Inmediatamete entró en la habitación, desconectó el teléfono y cubrió con una almohada dos enchufes eléctricos que estaban cereca de la cama. Luego de una minuciosa inspección por toda la habitación y el baño, Carlos abrió la boca. Te han ubicado en una habitación normal, dijo, no creo que haya más micrófonos que los que ya hemos bloqueado. Al parecer para ellos

144

no eres un tipo peligroso. Ahí en el *Granma* te he puesto mi dirección para que me escribas algún día. Fui un idiota al dejar la puerta cerrada, dijo Ismael aún aturdido, a lo mejor alguien te ha visto tocar; puede venir la patrulla de vigilancia. No te preocupes, dijo Carlos, los periódicos han cumplido su cometido maravillosamente, nunca antes el *Granma* tuvo para mí tantos méritos. Siéntate, le rogó Ismael. E inmediatamente comenzó a revolver las maletas mientras decía: Tengo alguna botella de bebida, debes darte un trago; también traje comida en lata. Abriremos una. Debes estar muerto de hambre. Ah, y aquí hay ropa, traje demasiadas cosas para mi hijo, quiero que te las pruebes y tomes lo que más te guste. Y abriendo varias maletas, Ismael desplegó ante el joven pulóveres de varios colores, pantalones de diversas marcas, zapatos relucientes, medias, jamones, botellas de bebida, latas de café, una grabadora y decenas de otros objeos. Carlos, indiferente a aquel muestrario se sentó en un sillón y dijo: No olvides lo que hablamos en la playa. No lo olvidaré, exclamó Ismael alzando la voz, te aseguro que no lo olvidaré, sólo tienes que darme las instrucciones. No hay instrucciones, todo depende del azar, de la suerte, de las diligencias que allá tú puedas hacer, respondió Carlos y bajando la voz agregó: Yo soy el que está en la cárcel, tú, desde afuera, tienes que buscar la cuerda. Y no olvides (le dijo en un susurro, como si desconfiase de la inspección que había hecho en el cuarto), de todo lo hablado ni una palabra a nadie, a nadie aquí. Recuerda que tú te vas y yo me quedo. No te preocupes, no te preocupes, dijo Ismael acercándose con una camisa y un pantalón entre las manos. Pero por favor, ahora, acepta esto como regalo. Eres tan joven, todo te debe quedar tan bien. Pruébatelos y toma lo que te sirva. Mientras Carlos se desvestía. Ismael depositó a su lado un montón de ropa. El joven tomó varias de aquellas piezas, un pantalón de mezclilla, un pulóver azul, unos zapatos de tenis, se vistió no sin cierta ceremonia y luego se miró al espejo. Parece como si hubiesen fabricado todo esto para mí, dijo sonriente. Ismael lo contempló maravillado. Con aquella ropa, Carlos lucía aún mucho más hermoso. Su piel, sus ojos, su cuerpo, todo él había cobrado repentinamente un brillo, una juventud avasalladora. Es para ti, es para ti, decía Ismael mientras giraba junto al joven, cada vez más admirado de su hermosura. No, dijo Carlos, y comenzó a desvestirse. ¿A dónde voy a ir con esta ropa? Si salgo con ella puesta y la patrulla me pide la propiedad, ¿qué le voy a responder? Pero, cómo, dijo Ismael enfurecido, ¿también hay que tener la propiedad de la ropa que uno lleva puesta, eso es horrible. Me alegro que lo comprendas, dijo Carlos que ya se había desvestido y permanecía de pie junto a Ismael mientras le devolvía la ropa, quizás algún día pueda aceptar tu regalo, cuando logre largarme de aquí. Lo lograrás, lo lograrás, repitió Ismael en un susurro tomando a Carlos por un brazo, tienes que lograrlo. Yo haré todo lo que pueda para que lo logres. Tú, dijo con voz calmada Carlos, sentándose desnudo en el sillón, no te acordarás de mí en cuanto yo salga por esa puerta. ¡No! Gritó Ismael, olvidando las posibles grabadoras no desconectadas. No pienses que todo el mundo es así. Yo, yo... yo te amo. No puedo explicarte ahora, tal vez nunca, cuánto he esperado este momento, no puedes imaginarte qué ha sido de mi vida durante estos quince años fuera de aquí, de ninguna manera podrías comprender, ni yo explicarte, cuánto he sufrido, cuánta soledad he padecido, cuando odio y resentimiento he guardado en mi memoria, no me creerías, no podrías creerme, si te dijera que nunca en Nueva York, con todas las libertades que allá se disfrutan, he llevado a un amigo, a nadie, a mi apartamento. Tú, tú eres la primera persona que invito desde hace más de veinte años, tú eres la única persona que ha podido cambiar toda la visión que yo tenía del mundo, sí, del mundo, no sólo de mi persona, no sólo de mi convicción equivocada de que nunca encontraría a nadie por quien valiese la pena sacrificarse, no sólo eso, lo cual para mí es muy importante, sino algo más, algo más: Tú significas para mí la certeza de que a pesar de todo el horror, de todos los horrores, el ser humano no puede ser aniquilado. Carlos, Carlos, volvió a susurrar Ismael casi sollozando mientras se arrodillaba ante el joven desnudo y lo abrazaba. ¿No te das cuenta que yo estaba muerto y tú me has resucitado? Sí, no te reías, no pienses que es ridículo lo que te digo, tal vez para otros lo sea, pero no es más que la verdad. ¡Tienes que irte! ¡Tienes que salir de aquí! Dijo ahora Ismael poniéndose de pie. Yo haré todo lo que pueda por sacarte de aquí. Tiene que haber una vía. Mira, se me ocurre una idea: Aquí, por lo visto, todo el mundo tiene dos caras, la oficial y la verdadera. Ya he visto que hasta los policías secretos se dejan sobornar por cien dólares. ¿Y si en vez de cien fueran mil, diez mil, veinte mil? ¿No crees? ¿No crees? ¿Qué crees? Con esa cantidad de dinero intentaríamos, con cautela, claro, sobornar a un guardacostas, a un oficial que tenga una lancha, yo conseguiría el dinero. ¡Yo tengo ya el dinero! Y dando un salto, Ismael fue hasta el espejo y le mostró a Carlos toda su fortuna, el resto de los veinte mil dólares que había traído desde Nueva York. Ya ves, ya ves, dijo acercándose hasta el joven que lo observaba sentado en el sillón. Ya ves, aquí está el dinero.

¿Por qué lo traje? ¿Por qué lo traje? Seguramente por alguna señal misteriosa. No había ninguna justificación para que yo viniese de visita a Cuba con todos mis ahorros. Pero aquí están. Son tuyos, son tuyos si crees que con ellos existe una posibilidad aunque remota de que puedas marcharte del país. Carlos tomó el dinero, lo miró con indiferencia y se lo devolvió a Ismael. Nunca podré aceptar ese dinero, dijo. Además, tampoco eso funciona aquí tan fácilmente. El servicio de guardacostas es toda una flota. No un hombre independiente o un barquito. Perdona que te haya echado a perder el día con mi petición. Yo sé que nunca podré salir de aquí. ¡No!, gritó otra vez Ismael. No pienses así. Lo lograrás, lo lograrás. Sino nada tendría sentido entonces. Aquí ya casi nada tiene sentido, dijo Carlos con voz tranquila. Guarda todas esas cosas, mañana pensaremos en alguna solución. Apaga la luz, a lo mejor me equivoqué y hay alguna cámara escondida por ahí. Ah, y vamos a darnos un trago, de todos modos, hoy, aunque no lo parezca, y aunque mucha gente ni se acuerde de eso, es día de Nochebuena. En la penumbra de la habitación, Ismael abrió rápidamente una botella y llenó dos vasos. Los dos hombres brindaron en silencio. Carlos se levantó de su sillón fue hasta la ventana, puso el vaso en la mesita de noche donde el reloj daba las dos de la madrugada, corrió las cortinas y se tiró bocarriba en la cama. Ismael, que apenas si había probado la bebida, se acostó junto al joven. Cuando sus manos se extendieron y palparon el cuerpo desnudo de Carlos, Ismael sintió que llegaba a un sitio y a un tiempo ignorados y sin embargo no desconocidos. Y aquel pecho, aquellos muslos, aquel sexo, aquella serpiente erguida, todo el joven, era una tierra de promisión, algo que su desamor, su desengaño y su resentimiento habían postergado, pero que secretamente, muy secretamente, él sabía que por haberse negado a aceptar la posibilidad de aquel encuentro ahora el mismo se hacía más sublime. No había sido en vano la renuncia, el rechazo, el exilio, el desencanto y la soledad si todo lo había conducido hasta aquel hombre joven y no solamente hermoso sino sensible. Y todo el horror, todas las humillaciones, todo el tiempo anterior desapareció del mundo de Ismael cuando Carlos enardecido se volvió y abrazó a Ismael. Y en aquel instante, Ismael dejó de ser un hombre de cincuenta años, para convertirse también en un hermoso joven que era amado y poseído por su hermoso compañero. Sensación de flotar, certeza de diluirse, de integrarse, de fundirse a alguien que siendo él mismo —él mismo— es el opuesto, la resistencia anhelada y amada, *que siendo uno mismo puede darnos el placer*

147

de ser otro, ese otro yo tan desgarradoramente dado ya por desaparecido y de pronto, en medio del infierno, en plena llama, encontrado... Sensación de estar, de sentirse recorrido, invadido, rodeado, por un cuerpo vivo, deseoso, dulce, joven, anhelante y cómplice *y sobre todo peligroso, y sobre todo peligroso,* y sobre todo efímero y sobre todo imposible de retener, *y sobre todo imposible una vez poseído, una vez disfrutado de poder renunciar a él...* Sensación de estar por primera vez vivo y por lo mismo presto al sacrificio, al inminente adiós, al peligro a la mismísima, verdadera, gloriosa muerte. ¿Cómo era posible que nunca antes se hubiese dado cuenta que esa era precisamente la vida? Que en su caso —quizás en todos los casos— estar vivo es estar en peligro, en peligro inminente. Porque estar vivo era estar a merced de cuerpos extraños, hermosos y nefastos, en un cuarto provisorio, en sitios infestados de asesinos o en paredes donde seguramente habían instalado todo tipo de grabadoras que ahora detectarían sus triunfales resoplidos. Cómo era posible que durante tantos años no hubiese comprendido que solamente hay dos opciones: el riesgo que presupone la aventura de una cierta felicidad, o el recogimiento, la lenta muerte ante una seguridad sin sentido ni brillo, prevista, mezquina aún en sus goces triviales, ajena a toda explosión vital, a toda grandeza, y por lo tanto a todo riesgo. E Ismael comprendió y admiró de pronto a aquellos drogadictos que caían fulminados en las calles de Nueva York, a los vagabundos que un buen día reventaban súbitamente igual que los que habían llevado una vida desenfrenada. Qué mejor tributo a la vida que estallar precisamente por haber vivido. Sí, había sido necesario viajar a La Habana, regresar allí, volver a aquel sitio sin duda espantoso y único, para experimentar todo eso, para saber —para comprender— definitivamente todo aquello. Ismael se unió más al cuerpo del joven que parecía desearlo furiosamente como si él también desde mucho tiempo lo aguardara. Formando una sola transpiración, un mismo susurro, una sola plenitud, se quedaron dormidos.

Cuando Ismael despertó, aún dentro de una deliciosa embriaguez, la plenitud del mediodía irrumpía por las ventanas, burlando las cortinas y bañando toda la habitación. Instintivamente, extendió un brazo para acariciar a Carlos, pero el joven no estaba en la cama. Ismael se incorporó y lo buscó con la mirada por toda la habitación. Lo llamó, creyendo que estaría en el baño, pero no recibió respuesta alguna. Ismael se puso de pie, pensando que como la puerta del baño estaba cerrada, Carlos no podía escucharlo. También la idea de tomar juntos una ducha lo animaba. Fue entonces, de pie en el centro de la habitación, la claridad entrando a raudales por entre las cortinas, cuando Ismael comprendió de golpe lo que había sucedido. Mientras él dormía. Carlos se había marchado, llevándose todo el equipaje, todas las pertenencias y el dinero; sus quince años de ahorro, los regalos que había comprado para Elvia e Ismaelito, hasta la ropa que se había quitado antes de ir a la cama, todo se había esfumado. En la habitación sólo había una edición del *Granma Unidimensional Matutino*, el pasaporte, el pasaje de regreso a Nueva York y el short verde olivo (cosas que evidentemente Carlos no podía negociar). Ninguna otra pertenencia poseía ahora Ismael. Despacio Ismael descorrió la cortina y dejó que entrara la inminente claridad más allá de la cual se disfuminaba el mar. Al menos dijo entonces, tomando el short verde olivo y mirando hacia la habitación vacía, no fue un sueño. Hemos pasado la noche juntos... En ningún momento se le ocurrió llamar a la policía. Pensaba, quizás con razón, que en caso de llamarla sólo haría el ridículo y nada iba a recuperar, *al contrario, me hubiese buscado más problemas y sería otra vez fichado*. Hubiese tenido que decir que recibió a un hombre en su habitación, cuando de acuerdo a los reglamentos del hotel —estampados y acuñados en la puerta— se «prohibía terminantemente recibir visitas». Además, Ismael sentía una extraña admiración ante la habilidad —y hasta la sensibilidad— que el joven desplegó para poder desvalijarlo. Por el momento lo que más le fastidiaba era tener que ponerse aquel short verde olivo y salir descalzo a la calle. Porque, desde luego, a pesar de la catástrofe, había venido a ver a su esposa y a su hijo y hacia ellos tenía que ir. Luego, con alguna ropa de uso de Ismaelito (¡Él que estaba esperando los regalos!) regresaría a Nueva York. En cuanto a la explicación que tendría que darles a Elvia y a su hijo ya pensaría luego. Todo había sido demasiado brusco, demasiado violento para poderlo razonar ahora. Así pues, Ismael se puso el short verde olivo que le quedaba en extremo holgado, cogió una de las toallas del hotel y, verdaderamente «ligero de equipaje», tomó el ascensor, bajó hasta el lobby y salió rumbo a la Quinta Avenida. Por fortuna, aquel 25 de diciembre fue tan soleado que parecía un día de verano por lo que (así por lo menos pensaba Ismael) nadie se sorprendería de ver a un turista en short. Para no llamar la atención (aunque varios policías de la Patrulla Especial Diurna lo seguían subrepticiamente desde que abandonó su habitación) Ismael fue avanzando rumbo al pueblo de Santa Fe mientras trataba de mantenerse cerca de la costa, salvo en los casos en que los círculos obreros o las unidades militares se lo prohibieran. Debido a tantos rodeos, el recorrido no sólo se hizo más extenso, sino más penoso. Atravesó pedregales, terraplenes y arrecifes que le desgarraron los pies y hasta las manos, pues a cada rato se iba de bruces. Por suerte a medida que se alejaba del reparto Miramar la amenaza de ser detenido parecía disminuir. Pero nuevos peligros surgían: Pandillas de muchachos, al parecer vagabundos o delincuentes de ocasión, que lo miraban con recelo. Cierto que no tenía nada que pudieran robarle, con excepción de la toalla que ostentaba las iniciales del hotel Tritón por lo que Ismael la dejó caer sobre un yerbazal; al momento la pandilla se abalanzó sobre ella. Al parecer inconscientemente, Ismael tomó un largo y pesado tronco lleno de clavos que las olas habían dejado en la costa y con él en hombros siguió andando. A las dos o tres horas de viaje con aquel madero a cuestas, el pelo desgreñado, la piel sudorosa y enfangada, el short desgarrado y los pies sangrando, Ismael estaba muy lejos de que pudiera ser confundido con un turista, más bien parecía un loco. Qué otra cosa podía ser aquel viejo con un short verde olivo que arrastraba un tronco carcomido por toda la orilla del mar. Y como loco fue tratado por la pandilla de delincuentes quienes para entretenerse comenzaron a tirarle piedras y hasta golpearlo con estacas, correas y cabillas. Ismael se cayó varias veces, pero tomando el tronco se incorporó y siguió avanzando. Al pasar cerca de una unidad militar, el soldado de guardia ahuyentó a la muchedumbre (pues muchedumbre era ya la que perseguía y golpeaba a Ismael) y convencido de que aquel hombre no podía ser más que uno de los tantos maniáticos que siempre se las arreglaban para aparecer en cualquier sitio (a pesar de la campaña oficial contra los vagabundos), golpeó con la culata del rifle a Ismael, dándole luego un puntapié y ordenándole que dejara allí mismo aquel madero y desapareciese del lugar o de lo contrario llamaría de inmediato a la patrulla. Aun perseguido por las piedras y los palos, Ismael soltó el tronco y dando tumbos se perdió por toda la costa. Casi al oscurecer, llegó al pueblo de

Santa Fe. Rápidamente, a pesar de su estado lamentable, tomó la calle que desde hacía veinte años no cruzaba, dobló la esquina, aquella esquina donde una vez siendo joven se había encontrado con Sergio, el adolescente que ahora parecía que en cualquier momento iba a surgir del mar. Pero el pueblo estaba desierto y en tal estado de deterioro que hasta el mismo Ismael, a pesar de su aspecto, podía pasar inadvertido. Sin mirar aquellas ruinas, Ismael avanzó un poco más y finalmente se encontró frente al edificio donde había vivido con Elvia. Aun pensando qué explicaciones más o menos razonables podría ofrecerles, subió las escaleras y tocó en la puerta. Elvia en persona le abrió. Un poco más gruesa, un poco más vieja, un poco más triste, pero era ella. Era ella quien lo abrazaba ahora con entusiasmo mientras lo invitaba a que entrara a la casa («a tu casa», dijo a la vez que lo miraba escrutadoramente). Me robaron, dijo Ismael como saludo, ya explicaré, ya te explicaré. No importa, dijo ella —y parecía sincera—, lo importante es que hayas vuelto que no te hayas olvidado de nosotros. Ismaelito ha estado muy impaciente, no sé por qué pero sospechaba que tú llegarías hoy. Está en el balcón, esperándote, pero parece que no te vio entrar al edificio. Y Elvia llamó entonces a Ismaelito, diciéndole que ya había llegado su padre. Ismael estaba ya sentado cuando por la puerta del balcón apareció Carlos, el hermoso joven con quien había pasado la noche y lo había desvalijado. Y en verdad lucía ahora mucho más bello, ataviado con las ropas modernas y juveniles que Ismael había comprado en Nueva York. Precisamente para él. Radiante, el hijo se acercó hasta el padre y lo abrazó. Elvia, arrobada, comenzó a llorar uniéndose a aquel abrazo que se prolongó por unos minutos. Luego, con verdadera devoción lavó, secó y curó los pies ensangrentados de Ismael y le ayudó a ponerse unas payamas de Ismaelito. Vamos para el comedor, dijo, he conseguido una pierna de lechón en bolsa negra (aquí su voz se hizo casi un susurro), así que celebraremos la Navidad en grande, como desde hacía años no lo hacíamos. Los tres se sentaron a la mesa. El padre frente al hijo. Rápidamente, Elvia dispuso los platos y cubiertos, sólo faltaba el lechón que ella fue a buscar a la cocina, dejando solos a los dos hombres. La ropa te queda muy bien, le dijo Ismael a Ismaelito. Sí, está hecha a mi medida, le dijo el hijo y tomandole una mano al padre agregó: No pienses que no sabía quién eras tú, lo supe desde el momento en que te encontré en la costa estando yo de guardia. ¡Mentira! Dijo Ismael, interrumpiendo a Ismaelito. No es mentira, mamá tiene algunas fotos tuyas. Te reconocí al momento. Y yo estoy seguro de que tú te diste cuenta de quien

151

yo era. Te dije cosas sobre ti mismo que tú nunca me habías dicho. ¡Mentira! Dijo de nuevo Ismael alzando más la voz. No es mentira, dijo Ismaelito. Yo sabía que tú eras mi padre y eso me alegraba, y tú sabías que yo era tu hijo. No trates de engañarte, porque yo no te engañé. Busca el periódico que te deje en la habitación. ¿Recuerdas que te escribí mi nombre y mi dirección? ¿No los leíste? Allí está puesto mi verdadereo nombre, que es el tuyo y mi dirección, que es ésta. Te lo dejé anoche en el cuarto.

Pensé que lo ibas a leer por lo menos al otro día cuando descubrieras que me había ido con todas las cosas. Era la manera más eficaz de localizar al ladrón... ¡Mentira! Gritó entonces Ismael con tal fuerza que Elvia que ya volvía con el lechón asado dijo sonriendo: ¡Pero qué barbaridad, acaban de verse luego de tantos años y ya están peleando! Bueno, me alegro, eso quiere decir que a pesar del tiempo no se sienten como dos extraños que no se conocen. Con razón Ismaelito miraba tanto tus fotografías, agregó mirando a Ismael y sirviendo el lechón. Sabrás que tu hijo nunca dejó de mencionarte ni de esperarte. Fíjate que ayer consiguió, con mil dificultades, me dijo, esa ropa para recibirte. Ya lo veo, dijo Ismael y volvió a contemplar a su hijo. Claro, siguió Elvia, ese tipo de ropa sólo puede usarla en la casa, afuera tendría que presentar la propiedad. Ay, Ismael, las cosas han cambiado tanto desde que te fuiste. Tenemos tanto de qué hablar. Tienes que contarme eso del robo. Claro, si este país es ahora un nido de delincuentes. A Ismaelito le digo siempre que ande con mucho cuidado. Aquí mismo, en la esquina, mataron los otros días a un muchacho para quitarle un radio portátil. Al ladrón lo cogieron por el radio, que estaba encendido y él no sabía cómo apagarlo.

Prefirió dejarse capturar antes que tirar el radio. Pero vamos a comer y dejemos de hablar de esas cosas, dijo Elvia sin dejar de hablar. E Ismael sintió pena por ella al ver cuánto había cambiado. Elvia continuó: En realidad, las intenciones de mi carta eran que vinieras para poderte plantear un asunto muy serio —y bajó la voz todo lo que pudo—: Ismaelito quisiera que tú lo ayudaras a salir del país. No sé cómo podrá ser eso —dijo, mirando asustada para todos los sitios—, pero tú eres su única esperanza.

Antes de responder, Ismael miró a su hijo que asintió, se volvió hacia Elvia y luego, contemplando otra vez al joven, dijo:

—Ismaelito sabe que yo haré cuanto pueda, y aún más, para resolver su salida.

Elvia, olvidándose del Comité de Vigilancia, aplaudió. Besó a Ismael y a Ismaelito. *Luego, en silencio, los tres comenzamos a comer.*

Nueva York, octubre-noviembre, 1983.
Nueva York, septiembre-noviembre, 1987.

Los manuscritos de *Viaje a La Habana* integran la colección de manuscritos de Reinaldo Arenas en la Universidad de Princeton, Nueva Jersey.

INDICE